双葉文庫

口入屋用心棒

武者鼠の爪

鈴木英治

目次

武者鼠の爪　口入屋用心棒

第一章

一

我慢が利《き》かぬゆえ不向きだと兄にいわれたが、川目郷之助《かわめごうのすけ》は立派に忍《しの》びの頭《かしら》としての役目を果たしている。

少なくとも、自分ではそう思っている。

——確かに俺は短気かもしれぬが、兄上をはるかに凌ぐ業前《わざまえ》を誇っておるのだ。それくらい、なんだというのだ。

才と腕前で、その穴埋めはできているはずだ。

いま郷之助は忍び装束《しようぞく》に身を包み、武家屋敷の塀の上に腹這いになっている。

闇が伸ばす無数の腕に絡《から》め取られたかのように風はそよとも動かず、木々の葉《は》擦《ず》れの音も聞こえない。

あたりは物音一つせず、静まりかえっている。深閑《しんかん》とはまさにこういうことをいうのであろうな、と郷之助は思った。

——それにしても、戻ってこぬな。

屋敷内には、明かりらしいものは一つも灯《とも》っていない。

闇にひっそりと沈む母屋《おもや》を眺めながら、郷之助は苛立《いらだ》ちを覚えた。

——配下の二人が忍び込んでから、優に一刻はたっているのではないか。二人とも、いったいなにをしておるのだ。

それでも我慢して、郷之助は塀の上で動かずにいた。

だがいつまで待っても、二人が戻ってくる気配はない。

苛々が、いやが上にも増してくる。

——俺が行くべきだったのだ。

だが、その思いを遮《さえぎ》るかのように、兄の恭《きょう》太郎《たろう》の顔が脳裏に浮かんできた。

おまえは短気すぎるのだ。

そんなことはない、と郷之助はいい返したかった。

——前は気《き》短《みじか》だったかもしれぬ。だが、今はもうちがうぞ。それが証拠に、待つことに、さして苦痛を感じなくなってきたではないか。以前の俺だったら、とっくにこの塀を飛び降り、屋敷内に忍び込んでいたはずだ。

腹這いになったままわずかに顔を上げ、郷之助は闇を見透かした。

相変わらず、二人が戻ってきそうな気配はない。

——いったいなにをしておるのだ。

ぎりぎりと奥歯を噛み締める。

——今から屋敷内に忍び込み、二人がなにをしておるか、確かめてみるか。

だが脳裏で恭太郎が、それはならぬぞ、とばかりにかぶりを振った。

——だが兄上、もはや十分すぎるほど待ったではないか。まだ待てというのか。

そうだ、というように恭太郎がうなずく。

——くそう。

忍び頭巾《ずきん》の中の顔をゆがめて、郷之助は大きく息をしそうになった。

——まずい。

あわてて口を閉じる。もし大きく息を吐くような真似をしたら、屋敷の者に気取られかねない。

郷之助は静かに息を吐いた。

――よいか、とっとと戻ってこい。戻ってくるのだ。

二人が忍び込んだ母屋を見つめて、郷之助は念を送った。

しかしながら、二人の配下は姿をあらわさない。

怒りがこみ上げてきた。

堪《こら》えろ、郷之助。またしても兄が、脳裏にしゃしゃり出てきた。

わかりもうした、と胸中で答えて郷之助は起き上がり、闇に自分の影が浮かばぬよう気をつけつつ塀に腰かけた。

――しかし、なにゆえ二人は戻ってこぬのか。

平静な気持ちをなんとか取り戻して、郷之助は思案した。

まさか屋敷内で窮地に陥り、身動きできなくなっているのではあるまいか。

――ならば、このまま手をこまねいているわけにはいかぬ。

決意した郷之助は身じろぎし、塀を降りようとした。

その瞬間、背後からしわがれたささやき声が耳に届いた。

「おやめなされ」

むっ、と郷之助は動きを止め、声の主に目を向けた。

背後に、一つの影がうずくまっている。この男も忍び装束に身を包んでいる。

「重造《じゅうぞう》――。いつからそこにおったのだ」

驚きに目をみはったが、郷之助はかろうじてささやき声で返した。

すぐそばに組頭《くみがしら》の重造が来ていたことに、今の今まで気づかなかった。

――俺としたことが……。

うなり声を上げそうになって郷之助は顔をしかめた。

――このあたりが、向いておらぬと兄上にいわれる所以《ゆえん》か……。

喉元《のどもと》に這い上がってきた苦い思いを、郷之助は嚙み潰した。

――いや、そんなことはあるまい。俺ほど忍びに向いている男は、この世におらぬ。

「つい先ほどでござる」

鈍《にぶ》い光を帯びた二つの瞳が、郷之助を見つめてくる。

この重造の目を見るたびに郷之助は、手練《てだれ》とはこういう男のことをいうのだなと感じる。

「重造、なにゆえ止める」

練達《れんたつ》の組頭を凝視して、郷之助はただした。忍びの者同士の会話は、小さな雨粒が木の葉を打つ音よりもかすかで、静寂が破られることはない。

「忍び込みは、下忍《げにん》の務めにござる」

「だが忍び働きなら、俺は組の誰にも負けぬぞ」

「それは、この重造もよく承知しておりもうす。お頭の忍びの腕は、最上のものにござる」

郷之助から目を離さずに重造がいう。

「しかし忍び込みなど、二人の組頭とその組下の十六人の下忍を統《す》べる番頭《ばんがしら》に、あるまじき行いにござる。軽挙はお控えくだされ」

重造らしいというべきか、相変わらず遠慮のない物言いだ。

「軽挙と申すか」

郷之助は重造をにらみつけた。それに動じることなく、重造がうなずく。

「さよう。今お頭がなすべきことは、屋敷内に忍び込んでいるそれがしの組下の二人の戻りを、じっと待つことでござる」

「それはよくわかっておるのだが……」

唇を噛み締めて郷之助はいった。

「いつまでたっても戻ってこぬではないか。重造、俺は、二人が窮地に陥ったのではないかと気が気でないのだ」

「しかし、お頭――」

なだめるような口調で重造がいう。

「二人が屋敷内に忍び込んで、まだ四半刻ほどにござる」

なに、と郷之助は驚いた。

――まだそんなものなのか。

「重造、四半刻というのはまことか」

信じられずに郷之助はたずねた。声がかすれているが、自分ではどうすることもできなかった。

「まことにござる」

重造が深く顎《あご》を引いた。

「そうか……」

――やはり俺は我慢が足りぬのか。

郷之助は言葉をなくした。それきり黙り込むことしかできなかった。

二

雄哲《ゆうてつ》先生の居どころをつかむためなら、どんなことでもする。雪駄《せった》に足をいれて、湯瀬《ゆせ》直之進《なおのしん》は心中で誓った。

――先生を捜しに品川《しながわ》へ行こう。

むう、と直之進は心中でうなり声を発した。不意に、骨折した左腕に痛みが走ったのだ。

――こんなのは大したことではない。本当に心配すべきは雄哲先生のことだ。先生はまことにどうされたのだろうか。

雄哲が病に臥《ふ》した友垣を見舞うため品川に向かうといってから、すでに半月がたっている。

その間、徳川将軍家の主催で日《ひ》の本《もと》一の剣士を決める御上覧試合が上野《うえの》寛永寺《かんえいじ》で行われ、その大会に東海《とうかい》代表として出場した直之進や付添人をしてくれた倉田《くらた》佐之助《さのすけ》は、そちらにかかりきりになっていた。

駿州《すんしゅう》沼里《ぬまざと》で押し込みの首領《しゅりょう》相手に負った右腕の傷がなかなか治らず、御上覧試合に備えて雄哲の手当を受けようと思っていた直之進は、その不在をずっと気にかけていた。

――あのとき、品川に向かうべきであった。

雄哲の戻りがあまりに遅いと感じたとき、すぐに捜しに出るべきだったのである。

なにもせずに手をこまねいているあいだに、今度は雄哲の助手の一之輔《いちのすけ》が品川に捜しに行くといって秀士館《しゅうしかん》を出ていってしまった。

それが七日ばかり前のことである。

直之進は唇を嚙み締めた。そのとき、またしても左腕にずきんと痛みが走った。

顔をゆがめて、直之進は固定して布で吊ってある左腕を見た。

順調に治りつつはあるようだが、まだこの左腕の布がいつ取れるかはわかっていない。

直之進が左腕を骨折したのは、御上覧試合の決勝戦において、相手の室谷半兵衛《むろたにはんべえ》の木刀に打たれたからだ。

今も、半兵衛に敗れたときの悔しさは直之進の中で薄れていない。

――いや、それよりも、いま考えるべきは、雄哲先生がどうしておられるかだ……。

友垣の見舞いに行って、品川にいるのなら、それでよいのである。

雄哲は今も、友垣の病を治すためにかかりきりになっているにちがいないからだ。

だが、いくら友垣のためとはいえ、半月ものあいだ、秀士館につなぎを一切よこさないということなどあるだろうか。

――あり得ぬ。

すぐさま直之進は断じた。

――つまり、雄哲先生はつなぎをつけようにも、ご自分ではどうすることもできぬ状況にいるのではないか。

それはなぜなのか。直之進の中では答えは一つしかない。

――監禁されているのかもしれぬ。

監禁しているのはいったい誰なのか。

雄哲先生はどこに監禁されているのか。品川か。それとも、別のどこかなのか。

ふと直之進は、一之輔の能面のように冷たい表情を思い出した。

——一之輔が生国《しょうごく》だといった川越《かわごえ》に、雄哲先生が監禁されているということはないのだろうか。

むろん、あり得ぬことではない。

だが、監禁するのに江戸から十里以上も離れている川越までわざわざ連れていく理由がわからない。

そもそも、川越が本当に一之輔の故郷かどうかも怪しいものだ。

——あの男は何者なのか。

いま思えば、よからぬ本性を隠し持っているように見えないこともなかった。

雄哲が何者かにかどわかされ、そのことに一之輔が関わっているというようなことはないのか。

——十分すぎるほど考えられる。

とにかく、と直之進は考えを進めた。

——もし雄哲先生が何者かに危害を加えられているのならば、なんとしても捜し出し、無事に連れ帰らなければならぬ。目の前にいかなる敵が立ちはだかろうとも、俺が必ずや打ち倒してみせる。

強い決意を直之進は改めて胸に刻んだ。

「あなたさま、いかがなされました」

おきくの声が耳に飛び込んできて、直之進は顔を向けた。

狭い式台《しきだい》にせがれの直太郎《なおたろう》をおんぶしたおきくが端座《たんざ》し、こちらを見上げている。

「ああ、ちと考え事をしていた」

小さく笑《え》んで、直之進は三和土《たたき》の雪駄を履き直した。

「雄哲先生のことですね」

ずばりいわれて直之進は顔を上げ、妻を見返した。

「よくわかるな、おきく。俺は、いま雄哲先生の名を口にしていたか」

「いえ、そのようなことはありません」

すぐさまおきくがかぶりを振る。おぶわれた直太郎はいつもと同じく、ぐっすり眠ったままだ。

「でも、あなたさまはこのところずっと雄哲先生のことを案じてらっしゃいました。ですから、きっと今も先生のことを考えていらしたのだなと、私にはわかりました」

「そうか、さすがは我が女房だ」

直之進はおきくをほめた。すぐに顔を引き締める。

「雄哲先生の御身になにもないことを願ってはいるが、もし先生が助けを求めていらっしゃるのなら、俺はどこへでも行くぞ。たとえ、それが地の果てだとしてもだ」

直之進は力強い口調でおきくにいった。

「あなたさまなら、まちがいなくそうなされましょう」

おきくが真剣な顔でうなずく。

実際、直之進は雄哲から、舅《しゅうと》の米田屋光右衛門《よねだやみつえもん》の病を診てもらうという恩を受けているのだ。

結局、病に冒《おか》されていた光右衛門は雄哲の腕をもってしても助からなかったのだが、光右衛門が心安らかにあの世に逝《い》けたのは、雄哲の手当のおかげであると直之進は今も信じている。

――雄哲先生以外の医者にもし舅どのを任せていたら、俺たちの心の整理もつかなかったであろう。

もっと腕のよい医者に診てもらっていたら、光右衛門を死なせることにはならなかったのではないか、といつまでも悔いを引きずっていたにちがいないのだ。

雄哲ほどの名医に診てもらったおかげで、直之進たちも、やるだけのことはやった、という思いを持つことができた。それはひじょうに大事なことだ。

雄哲には、それだけの恩義がある。なんとしても居どころを捜し出し、必要があれば助け出すことで、恩を一つ返さなければならない。

「ではおきく、道場に行ってまいる」

背筋を伸ばして直之進は告げた。これから秀士館の道場で、雄哲の件を話し合うことになっているのだ。

「行ってらっしゃいませ」

おきくが真摯《しんし》な表情を崩さずにいった。

「もしやすると……」

敷居をまたぎかけて、直之進はおきくを振り向いた。

「俺はすぐ戻ってくるかもしれぬ」

「それは今日、雄哲先生を捜しに出られるかもしれないからですか」

間髪《かんはつ》を容《い》れずおきくが問うてきた。

「その通りだ。おきく、旅支度が必要となるかもしれぬ」

「では、行き先は品川ではないのですね」

品川ならば、秀士館がある日暮里《にっぽり》から三里半くらいの距離である。急ぎ足で行けば、一刻半ばかりで着くであろう。確かに、旅支度をするほどのことはない。

「いや、まだわからぬ。まずは品川に行くことになろうが、もしかしたら川越に行くことになるやもしれぬ」

「えっ、川越ですか」

さすがのおきくも、そこまでは考えていなかったようだ。

「ここからですと、十里というところでしょうか」

「そのくらいであろうな。行くだけで丸一日かかろう」

「川越には、あなたさまお一人で行かれるのですか」

「それもまだわからぬ。だが皆で手分けして捜さぬとな」

「大丈夫ですか」

おきくが案ずる目で直之進の左腕を見る。

「なに、大したことはない」

直之進は右手で左腕を軽く叩いた。幸い、痛みは走らなかった。

「でも、まだ痛むのではありませんか。ときおり顔をしかめておられますから」

うむ、と直之進はいった。そのことを否定する気はない。

「なにしろ、骨を折ったばかりだからな。痛むのは当たり前であろう。だがおきく、今はそんなことをいっている場合ではないのだ。なんとしても、雄哲先生を捜し出さねばならぬ」

「はい、そのことはよく承知しております」

おきくが大きく首を縦に動かした。

「それに、あなたさまは一度いい出したら聞かないお人ですし、なにより雄哲先生のことが心配でならないのがよくわかります。むしろ、左腕の骨折を言い訳に、ぐずぐずと捜しに行こうとしない人でなくてよかったと、私は心から思っています」

直之進はおきくを抱き締めたくなった。実際に右手を伸ばし、おきくの肩を抱いた。おきくが身を寄せてくる。

じんわりとした体の温かみが伝わってきた。直之進は、おきくがいとおしくてならない。

ずっとこうしていたかったが、さすがにそういうわけにはいかない。直之進はそっと右手を離した。

おきくが潤んだような瞳で、直之進を見上げてくる。

「では、さっそく旅支度に取りかかることにいたします」

「よろしく頼む」

直太郎の頭を軽くなでてから、直之進は戸口を出た。

朝日が斜めに射し込み、明るさに満ちた秀士館内の敷地を足早に進む。

三

道場の出入口の三和土に直之進は足を踏み入れようとした。

そのとき、ふと鼻先を線香のにおいがかすめていった。

そのにおいにつられるように、つい一月《ひとつき》前は、と思った。

——お盆だったな。

江戸の町は、どこもかしこも線香のにおいで満ちていた。

袈裟《けさ》を身につけた大勢の僧侶が、忙しそうに道を行き交っていた。

僧職にある者にとって、まさしく書き入れ時だったのだろう。

それが今はお盆の名残など、どこを探してもない。

暑かった夏も終わり、徐々に秋が深まってきている。月日がたつのは本当に早いものだな、と直之進は思った。

まだまだ暑さは残っているが、こうして屋内に入ると、大気はひんやりしている。明け方は、だいぶ冷えるようになってきた。

肌掛け一枚ではさすがに辛くなってきており、直之進はすでに掻巻《かいまき》を着て寝ている。

——それにしても、この線香のにおいはどこからきているのかな。

どうでもよいことだったが、直之進はなんとなく気にかかった。

おそらく、秀士館のそばに建つ善性《ぜんしよう》寺《じ》から漂ってきているのだろう。

線香のにおいというのは、意外に遠くから流れてくるものなのだ。

三和土に足を踏み入れ、脱いだ雪駄を直之進は下駄箱にしまい入れた。

「失礼します」

道場内に声をかけておいてから、板戸を横に開ける。

すでに大勢の門人たちが防具を着け、竹刀《しない》を手にしていた。

ずらりと勢揃いし、こちらをじっと見ている。おはようございます、と一斉に挨拶《あいさつ》してきた。

　おはよう、と直之進も返した。

　門人たちの前に、師範の川藤仁埜丞《かわとうじんのじょう》や師範代の佐之助が立っていた。新たに師範代に準ずる者となった品田《しなだ》十郎左《じゅうろうざ》の姿も見える。

　神棚の下にある見所《けんぞ》には、秀士館館長の佐賀大左衛門《さがだいざえもん》や、薬種の教授方の一人で、古笹屋《こざさや》という薬種問屋の主人でもある民之助《たみのすけ》も座していた。

　——どうやら、俺がいちばん遅かったようだな。

「申し訳ありませぬ。遅れてしまいました」

　深く頭を下げてから、直之進は道場に上がった。

「なに、謝るようなことではないぞ。別にきさまは遅れておらぬ」

　近寄ってきた佐之助が直之進にいった。

「俺たちは示し合わせて、おぬしより一足先に来ておったのだからな」

「示し合わせて……。倉田、なにゆえ俺は仲間外れにされたのだ」

「仲間外れなどということはない」

　苦笑まじりに佐之助が否定する。

「雄哲先生や助手の一之輔の行方について話し合う前に、きさまの祝いをしておこうと思っただけだ」

「祝いだと」

正直、直之進はわけがわからなかった。

「なんの祝いだ」

祝ってもらうようなことをした覚えは、まったくない。

「湯瀬、とぼけたことをいうでない」

叱りつけるようにいって近寄ってきたのは仁埜丞である。もっとも、目は笑っている。

「はあ、申し訳ありませぬ」

直之進は仁埜丞に謝った。

「おぬしの御上覧試合での活躍を祝うために決まっておろう」

「えっ、御上覧試合の……」

御上覧試合では室谷半兵衛に決勝で敗れたのだ。それなのに祝ってもらえるなど、これまで頭の片隅をよぎったことすらなかった。

湯瀬、と佐之助が呼びかけてきた。

「日の本で二番では、祝うのにふさわしくないと思うか」

直之進は佐之助を見返した。

「そのようなことはないが、やはり優勝したわけではないからな……」

祝ってもらうことに、どこか気恥ずかしさがないわけではない。

「だが湯瀬、きさまは各地の強豪を退《しりぞ》け、決勝まで勝ち進んだのだ。まことに素晴らしいことだぞ」

直之進を見つめて佐之助が力説する。

「なんといっても、日の本で二番目の腕前なのだからな。しかも、御上覧試合という、将軍家お声掛かりのれっきとした大会で残した結果だ。これは、つまり将軍家の御墨付をもらったも同然なのだ」

確かにその通りかもしれぬが、と直之進は思った。

声を励まして、佐之助が続ける。

「もし右腕の怪我さえなければ、きさまは室谷半兵衛を降《くだ》して優勝していたかもしれぬのだぞ」

倉田、と直之進は呼びかけた。

「仮に右腕が万全だったとしても、俺は室谷半兵衛に負けていたかもしれぬのだ。とにかく、負けは負けだ。その事実は未来永劫、変わらぬ。潔《いさぎよ》く受け容れるしかない」

ふむ、と佐之助が鼻を鳴らした。

「いかにも湯瀬らしい物言いよ。だがな、湯瀬。祝いといっても、派手なことをするわけではない。もしきさまが優勝していたならば、華やかな祝宴を張ってもよかったのだが……」

「華やかな祝宴か」

きっとみんな、夜を徹して祝ってくれたことだろう。酒も心置きなく、存分に飲めたにちがいない。

——みんなのためにも優勝したかったな。

将軍家から与えられるはずの正賞の太刀や副賞の二千両も、正直いえば、今もほしくてならない。

むろん、手に入れたからといって、わがものにするつもりはない。

太刀も二千両も、秀士館の維持になにかと費《つい》えがかかっているはずの大左衛門に進呈するつもりである。

だが、これも今さらいっても詮《せん》ないことでしかない。

しかし、とすぐに直之進は思った。

――副賞の二千両が公儀の金蔵に戻されるのは当然として、正賞の徳川家伝来の太刀も、お蔵入りになるのだろうか。

心密かに将軍の命を狙っていた室谷半兵衛は、正賞の太刀を将軍からじきじきに受け取る機会を得んがために、御上覧試合での優勝を目指していたのだ。

実際のところ、ことは執念の鬼と化した半兵衛の目論《もくろ》見《み》通りに進み、拝領の太刀をその場で抜いて将軍に斬りかかるところまでいったのである。

だが、その狙いをいち早く読んだ佐之助が、半兵衛の暴挙の阻止に動いたのだ。

そのため半兵衛の斬撃は将軍の額をかすめただけで、ぎりぎりのところで命を奪うまでに至らなかった。

将軍は、佐之助によって救われたのである。

御上覧試合の場にもし佐之助がいなかったら、将軍はまちがいなく室谷半兵衛に斬り殺されていた。

徳川将軍が斬り殺されるなど、まさに前代未聞の出来事であっただろう。

もしあれがうつつのことになっていたら、世の中がひっくり返るほどの大騒ぎになっていたにちがいない。

——命の恩人である倉田に、将軍家はあの太刀を下賜《かし》してくれてもよいような気がするが……。

そうはならぬのだろうか。

額をかすめただけとはいえ、将軍を傷つけた太刀は縁起が悪すぎて、人にはやれないものなのか。

まさか捨ててしまうようなことはないと思うが、果たしてどうなってしまうのだろう。

——いずれにしろ、将軍家から太刀が下されるという話は一切、聞こえてこぬな……。

そのことが直之進は残念でならない。

ほかにも気にかかっていることがある。

御上覧試合での優勝を狙って、凄腕の半兵衛を家臣の列に加えた老中首座内藤《ないとう》紀伊守《きいのかみ》は、どうなったのか。

半兵衛の暴挙を目の当たりにして、あの場で咄嗟《とっさ》に腹を切ろうとした内藤だったが、まわりの幕臣たちにかろうじて押しとどめられたのを、直之進もじかに見ている。

その後、内藤紀伊守は老中の任を解かれ、隠居したという話までは聞いているが、それ以降のことまでは直之進も知らない。

額に傷を負った将軍は命には別状なかったということで、自裁することもなく、内藤紀伊守はつつがなく暮らしているのだろうか。

直之進をじっと見てから、佐之助が再び口を開いた。

「ゆえに、祝いといっても、贈り物をやるだけだ。皆からの志よ」

袴の裾《すそ》を翻《ひるがえ》して歩き出した佐之助が、見所に置いてあった風呂敷包みを両手で丁寧《ていねい》に持ち上げた。それを捧げ持つようにして戻ってくる。

「湯瀬、ほら、受け取れ。といっても、左腕がそれでは無理か」

佐之助が、風呂敷包みを直之進の前の床にそっと置いた。

――なにが入っているのだろう。

立ったまま直之進は見下ろした。

大きめの風呂敷包みは平たく、中身は触れていなくてもどこか柔らかな感じがする。

「湯瀬、開けてみろ」

佐之助にいわれ、直之進は顎を引いた。

「では、遠慮なく」

床の上に端座した直之進は、風呂敷包みを開いた。

門人たちが息を詰めて自分を見る眼差しが、肌に痛いほどだ。

――きっと皆で、選びに選んでくれた品物にちがいない。

そのことがわかっただけで、直之進の胸は熱くなった。

「おっ、これは――」

直之進の目が、くっきりとした青色を捉えた。風呂敷包みの中にあったのは、濃い藍染《あいぞ》めの着物である。

じっと見て直之進は目をみはった。

「道着ではないか」

まさか中身が着物だとは思いもしなかった。

「きさまはこれまで、道着を着ずに稽古に出ておったからな。私物を着て稽古をさせることに、皆が負い目を感じておったのだ」

「私物を着て稽古をつけているのは、倉田、おぬしも同じではないか」

稽古の際、佐之助がいつも着ている着物も、私物である。

「なに、俺はよいのだ。それに、いま千勢《ちせ》が俺のために道着を縫ってくれておる」

「ほう、おぬしのためにな……。それは、まことに喜ばしいことだ。いつでき上がるのだ」

「もうじきだ。――いや、俺のことはどうでもよい。湯瀬、その道着はきさまにぴったりのはずだ。俺が仕立屋のあるじに、事細かに寸法を伝えたからな。なにしろ、俺はきさまの体を知り尽くしておる」

その言葉を聞いて、直之進は苦笑した。

「なにやら誤解されそうな物言いだな」

佐之助とは、真剣を向け合って戦ったこともある。互いに力を合わせて修羅場《しゅらば》を何度もくぐり抜けてもいるから、佐之助は直之進がどのような体つきをしているか、熟知しているのであろう。

「とにかく、おぬしがこの道着のために骨を折ってくれたのはよくわかった」

感謝の思いを込めて直之進はいった。

「湯瀬、しかも道着は一着ではないぞ」

「えっ、そうなのか」

いわれて、直之進は道着を右手で持ち上げた。その下に、もう一着の道着があった。

「これはありがたい」

「そうであろう」

さも当然とばかりに佐之助がうなずく。

「きさまは汗っかきだからな。一着だけでは、汗臭くなっても、なかなか洗濯できぬ。二着あれば、汚れたらすぐに洗える。皆の心遣いよ」

「かたじけない」

手にした道着を風呂敷に戻した直之進は立ち上がり、門人たちに向かって頭を下げた。

「感謝する。この上ない贈り物だ」

実際、直之進は胸が詰まり、涙が出そうになっている。

直之進の喜びが門人たちにもはっきりと伝わったらしく、よかった、安堵《あんど》したぞ、道着を選んでまちがいなかったな、とでもいうようなほっとした空気が道場内に漂った。

「湯瀬……」

仁埜丞が優しく呼びかけてきた。

「その道着を着て、これからも皆のために励んでくれよ」

直之進は面《おもて》を上げ、仁埜丞を見つめた。

「承知いたしました。皆の剣技向上のために、最善を尽くします」

直之進は深々とこうべを垂れた。

「しかし倉田……」

顔を上げて直之進はいった。

「なんだ」

「御上覧試合が行われたのは、半月や一月前の話ではないぞ。御上覧試合のあと、この二着の道着をこんなに早く仕立てることなどできるのか。これほど早く仕立てられる仕立屋が、いくら広い江戸とはいえ、あるものなのか」

いま千勢が佐之助のために道着を縫っているといったが、着物を仕立てるのには、やはりそれなりの日数がかかるものなのだ。この道着は仕立屋が仕立てたにちがいないが、いくらなんでも早すぎないか。

「さすがに湯瀬だ。鋭いな」

ふふ、と佐之助が笑った。

「その二着の道着は、きさまが東海予選で優勝したあとに、皆と相談の上、仕立屋に注文したのだ」

――ほう、東海予選のあとにな……。

直之進は厳しかった予選の戦いを思い出し、言葉を続ける佐之助をじっと見た。

「むろん、その二着の道着は、きさまが東海代表となったことを祝してのものではない。沼里での盗人退治の際に右腕に怪我を負ったとはいえ、御上覧試合できさまが必ずや素晴らしい結果を残すと、俺たちは確信していた」

そうだったのか、と直之進はうれしくてならない。

「もし湯瀬の代わりに御上覧試合に出ていたら、確実に優勝候補の一人だったはずの新美謙之介《にいみけんのすけ》を、きさまは鮮やかに倒してのけたのだからな」

感嘆の思いを面に露わにして、佐之助が言葉を切る。

「東海予選の決勝で尾張の新美謙之介を打ち破ったおぬしが、御上覧試合で素晴らしい結果を残さぬはずがない。となれば、きさまへの祝いの品を用意しておかねばならぬだろう。注文は早いに越したことはない。今ここに道着が二着あるのは、そういうことだ。湯瀬、得心《とくしん》がいったか」

「よくわかった。皆の厚意、改めて感謝する」

再び直之進は深くこうべを垂れた。

「さて、これで祝いは終わりだ」

宣するように仁埜丞がいった。

「皆、稽古をはじめよ」

はっ、とすべての門人たちが声をそろえた。一斉に道場内に散っていく。

「では、わしは皆の稽古を見守ることにする」

佐之助と直之進にいって、仁埜丞が見所に座した。

「申し訳ありませぬが、しばらく稽古はお任せいたす」

頭を下げて佐之助が仁埜丞にいった。

「うむ、よくわかっておる」

「倉田師範代に湯瀬師範代、それがしが皆に稽古をつけることにいたします」

竹刀を手にした十郎左が、佐之助と直之進にいった。

「よろしく頼む」

佐之助がいうと、お任せください、と明るく答えて十郎左が門人たちの中に分け入っていく。

すぐに一人の若い門人をつかまえ、竹刀の正しい持ち方を教えはじめた。いかにも熱のこもった指導ぶりである。

「湯瀬、きさまはこっちだ」

直之進は佐之助が指さすほうを見た。

見所から立ち上がった大左衛門、民之助が出入口の板戸に向かって歩いていく。

「どこに行くのだ」

直之進は佐之助にたずねた。

「雄哲先生の診療部屋を見せてもらうのだ」

「なにか手がかりを得るためだな」

「そういうことだ」

直之進を見て、佐之助が大きくうなずいた。

四

徐々に明るくなってきた。

目の前の屋敷に動きはない。

母屋に忍び込んだ二人は、いまだに戻ってこない。

――まことになにかあったのではないか。

さすがに案じられて、郷之助はかたわらに座している重造を見やった。

郷之助の眼差しに気づき、重造が柔和《にゅうわ》に笑った。

「心配はいりませぬ」

郷之助の考えを読んだように重造が答えた。

「なにゆえだ。重造は二人のことが心配ではないのか」

ささやき声で郷之助は問うた。

「なに、なにもありませぬ」

平然とした声音《こわね》で重造が返してきた。

「なにゆえそう思う」

「忍び込んだ二人は、お頭よりは腕が落ちるとはもうせ、なかなかの手練にござる。それに、なにか二人がしくじりを犯したなら、屋敷内が騒がしくなるはずでござる。そうなっておらぬ以上、二人はまだ屋敷内を探っているはず」

そういうことか、と郷之助は思った。確かに新発田従《しばたじゅうご》五郎《ろう》の屋敷は静謐《せいひつ》を保っている。なにか起きたというような気配は、まったく伝わってこない。

二人の戻りを待つうちに夜が明け、あたりは徐々に明るくなりはじめた。

「お頭、ここは引き上げることにいたしましょう。二人もすぐに戻るはずです」

「うむ、そうしよう」

すぐさま郷之助は同意した。いずれこの塀沿いの道も行きかう人が多くなってこよう。

おのれの姿を人目にさらす前に郷之助は腹這っていた塀から、さっと地面に飛び降りた。

すぐさま通りを横切り、目の前の塀をひらりと乗り越える。

鬱蒼《うっそう》と樹木が茂る薄暗い庭を抜けると、一軒の離れが見えてきた。

八畳間が三つもある広い離れだが、かなり古くなってがたがきている様子だ。

事前に聞いていた通り、この屋敷の者は今やほとんど使っていないらしい。

庭に面した障子は、すべて開け放たれている。郷之助は濡縁《ぬれえん》のそばの沓脱石《くつぬぎいし》で草鞋《わらじ》を脱ぎ、いちばん右側の座敷に上がり込んだ。

「では、それがしはこれで」

郷之助の後ろについてきていた重造がいった。重造率いる一の組の者たちは、左端の八畳間がこたびの宿所となっている。

うむ、と郷之助は重造にうなずいてみせた。重造が濡縁を歩いていく。

それを見送って郷之助は敷居を越えた。途端に、かび臭さに包まれる。風通しのよい八畳間ではあるが、障子を開けたくらいでは、建物に染みついたかび臭さは逃げていかないようだ。

——忍びたる者、かび臭さなどに負けてはおられぬ。

腰の長脇差を抜いて手に持ち、郷之助は八畳間の真ん中にどかりと座り込んだ。長脇差をかたわらに置く。

それから、忍び頭巾をはぎ取るように脱いだ。息苦しさが取れたような気がし、吐息が自然に漏れ出た。

「失礼いたします」

しばらくして若い配下が茶を持ってきた。この配下も、今は忍び頭巾はしていない。

「どうぞ」

頭を下げて若い配下が茶托にのせた湯飲みを置く。

「二人は帰ってきたか」

若い配下に鋭い眼差しを投げかけて、郷之助はきいた。

「先ほど戻ってまいりました」

「なにゆえ復命《ふくめい》せぬのだ」

「ただいま組頭とお話をしているようでございます」

「重造と話をしておるというのか」

「はっ」

「今すぐ二人を呼ぶのだ」

「承知いたしました」

一礼して若い配下が八畳間を出ていく。

――なにゆえ、わしのもとに真っ先に来ぬのだ。

腹が立ってきた。

そんな短気ではいかぬぞ。またも兄の恭太郎の顔が浮かんできた。顔をしかめて郷之助を見ている。

――これは気が短いから怒っておるわけではないぞ。すべきことを配下がせぬゆえ、怒っておるのだ。

それでも気を静めるために、郷之助は湯飲みに手を伸ばした。

茶をすする。すぐに顔をしかめた。

――これはまた、ずいぶんと薄いな。なにゆえ俺の好み通りに淹《い》れぬのだ。

怒鳴りつけたくなったが、そんなことをしたら、また兄がたしなめにあらわれるだろう。

くそう、とつぶやいて郷之助は怒りを心の奥にしまい込んだ。

すると、気持ちを落ち着けた褒美のように、涼しい風が座敷に吹き込んできた。

――おう、気持ちよいな。

再び郷之助は茶をすすった。今度はあまり薄く感じなかった。

――茶の味が変わりおった。なんとも不思議なことがあるものよ。

離れの左側に、この屋敷の母屋が見えている。なかなか広く立派な建物である。

それも当然で、この屋敷の主は真仁田朔兵衛《まにたさくべえ》といい、千石という禄高《ろくだか》を誇っているのだ。

湯飲みを茶托に戻したとき、ぷーんぷーん、と耳障《みみざわ》りな音が聞こえてきた。

すぐさま長脇差を引き寄せるや、郷之助はすっと抜いた。長脇差を一閃させる。

我ながら見惚れるほどの鮮やかな手並みで、長脇差を鞘《さや》におさめた。

その直後、秋だというのに目の前の畳の上に藪蚊《やぶか》の死骸がひらひらと落ちてきた。

もの見事に両断されている。

――思い知ったか。

これまで郷之助の血を吸おうと近づいてきて、殺されずに済んだ蚊は一匹もいない。

ふっ、と鋭く息を吹きかけて藪蚊の死骸を濡縁の先に飛ばしてから、郷之助は再び茶を喫《きっ》した。

――むっ、また薄くなりおった。

またも気持ちが苛立ってきた。だが、脳裏に恭太郎の顔が浮かびそうな気配を覚え、目を閉じて郷之助は気持ちを抑え込んだ。

ふと、目の前の濡縁に人がやってきたのが、知れた。

郷之助は目を開けた。

「お頭、お呼びでございますか」

新発田従五郎の屋敷に忍び込ませた二人の配下が濡縁に端座していた。

水村銀次《みずむらぎんじ》に、保泉玄太《ほずみげんた》の両名である。

ぎろりと目玉を動かし、郷之助は二人を見据えた。

忍び頭巾を取った銀次と玄太が青ざめる。

——この程度で顔色を変えるとは、二人ともやはり太平の世の忍びよな。

郷之助は軽く咳払《せきばら》いした。

「二人ともよく戻ってきた。怪我はないか」

「はっ、ございませぬ」

ほっとしたように銀次と玄太が声をそろえた。実際、二人とも疲れはほとんどないらしく、元気そのものに見える。

「それで、どうであった」

身を乗り出して、郷之助はたずねた。

恥ずかしそうに銀次と玄太が身を縮める。

「まことに申し訳ありませぬが、なにもつかめませんでした」

「なにっ、なにもと申すか」

郷之助は腹の底から怒りが込み上げてきた。

「はっ、申し訳ありませぬ」

銀次と玄太が敷居際に両手をつく。

「おぬしら、新発田屋敷に二刻は忍んでおったであろう。にもかかわらず、なにもつかめなかったというか」

「はっ」

年上の銀次が答える。

ここは怒っても仕方ない。郷之助は無理矢理おのれの気持ちをなだめた。

「屋敷に女の気配はあったか」

郷之助は新たな問いを発した。

「はっ、ございました」

これは玄太がいった。

「それは八重《やえ》の気配だったか」

「それがわかりませぬ」

悔しげに玄太が唇を嚙む。

「女の気配は嗅いだのでございますが、それが八重さまのものかどうか、我らにはわかりませんでした」

「そうか、女の気配を嗅いだか」

屋敷のあるじの新発田従五郎は忍びの者が八重を捜していることを知り、わざと大勢の女を入れて、こちらを攪乱《かくらん》しようとしているのであろう。
「女以外に医者の気配はあったか」
「ありました」
ならば、と郷之助は思った。やはり八重は新発田屋敷にいるのではないか。これは
だが、新発田従五郎は下屋敷のほうにも女と医者を入れているという。これは
明らかにこちらに対する目くらましである。
新発田屋敷か新発田家の下屋敷のどちらかに八重がいるのは、わかっている。
だが、どちらにいるのかはっきりするまでは八重を害するために突入するわけ
にはいかない。
なにしろ、新発田屋敷には大勢の家臣がいるのだ。闇に乗じて襲撃したとして
も、こちらにも大勢の死者や怪我人が出よう。
郷之助としては、それは避けたい。
――いざとなれば総勢をもってして、新発田屋敷に突っ込むという手もあるが
……。
いささか荒っぽいが、新発田家の家臣を蹴散らしてやるのだ。だが、もし八重
が下屋敷のほうに匿《かくま》われていれば、忍びによる新発田屋敷襲撃の知らせはすぐに

下屋敷に届くであろう。

そうなれば、八重はすぐに下屋敷を逃げ出し、第三の隠れ家に向かうであろう。用心怠りない新発田従五郎ならば、そのくらいの手はずは、ととのえているにちがいない。

——だが、これは使えるかもしれぬな。

そんなことを郷之助はふと思った。

——新発田屋敷を襲撃し、下屋敷から八重が逃げ出すところを一気に襲うという手もあるな。ふむ、この手はじっくりと練ることにしよう。

それにしても、と郷之助は思った。やはり俺が忍び込むべきだった。後悔がある。未熟な者を忍び込ませたせいで、あたら貴重な一日を失ってしまったことになるからだ。

「下がれ」

不機嫌な顔で郷之助は銀次と玄太に命じた。はっ、とこうべを垂れて二人がそそくさと立ち去る。

二人と入れ替わるように、一人の男がやってきた。

「おう、麟兵衛《りんべえ》か。よく来た」

「ありがたきお言葉にございます」

姓は小ノ澤《おのざわ》といい、二の組の組頭である。歳は二十八で、郷之助より七つも若い。

「それで麟兵衛、新発田の下屋敷はどうだ。八重はおったか」

郷之助に問われて、麟兵衛が難しい顔になった。

「それがいまだにわからぬのでございます」

丁寧な言葉で麟兵衛が答える。

「まだわからぬと申すか」

声がとがった。自らのこめかみに太い血脈が浮いたのが、郷之助にはわかった。そこが、どくんどくんという鼓動とともに動いているからだ。

郷之助を見て、麟兵衛がかしこまる。

「女や医者の気配は相変わらずあるのだな」

「はっ、組下の者によれば」

すぐさま麟兵衛が肯定する。間を置かずに言葉を続ける。

「しかし、どれが八重さまの気配なのか、配下にもさっぱりわからぬようでございます」

もはや、今の世に本物の忍びはおらぬのか。郷之助は叫び出したい気分に駆られた。

「麟兵衛っ」

郷之助は鋭く呼びかけた。

「はっ」

電撃でも食らったかのように、麟兵衛がさっと居住まいを正した。

「今宵はおぬしが下屋敷に忍び込むのだ。わかったか」

「わかりましてございます」

郷之助の威《い》に打たれたように、麟兵衛が平伏した。

——今夜は俺が忍び込まねばならぬ。重造が止めようと、俺はやめぬぞ。新発田屋敷に忍び込んで、必ず突きとめてやる。

まだ両手をついたままの麟兵衛を見つめて、郷之助は決意をかためた。

新発田屋敷に八重がいるかどうか、この俺がはっきりさせてやるのだ。

五

太陽が昇り、少し暑くなってきている。

道場をあとにした直之進たちは、やや強い陽射しを浴びつつ秀士館の母屋の大玄関に入った。

さすがに屋内はひんやりしており、直之進はほっと息をついた。前は暑さなどなんともなかったのに、今は秋の陽射しですらきつく感じることがある。歳を取ったのだな、と思う。

雪駄を脱ぎ、式台に上がる。明るいとはいえない廊下を直之進たちは歩いた。母屋には教場もあるが、いま教授方の講義が行われているのは、棟続きの隣の建物である。ときおり、それらしい声が聞こえてくる。

先頭を行く大左衛門が、つと足を止めた。

「雄哲先生の部屋はこちらでござったな」

大左衛門が民之助に確かめるようにいう。

「さようでございます」

民之助がうなずいた。

「失礼いたす」

中に誰もいないことはむろんわかっているだろうが、一応、一礼して大左衛門が板戸を開けた。

部屋の中から漂い出てきた薬くささが直之進の鼻を突く。

まず大左衛門が部屋の中に足を踏み入れた。そのあとに佐之助、直之進が続き、最後に入った民之助が板戸を閉めた。

雄哲の部屋が、八畳間と六畳間の二間続きであるのを直之進は初めて知った。考えてみれば、この部屋の中に入ったことがなかったのだ。

あるじのいない部屋は、がらんとしている。

直之進は、雄哲の診療部屋となっている八畳間を見た。

文机《ふづくえ》が壁に寄せて置かれている横に、おびただしい書物が積まれた大きな書棚がある。その書物の数には圧倒される。

——雄哲先生はこの書物すべてを読まれたのだろうか。

直之進は信じられない。

書棚の向かい側の壁には、薬入れらしい小さな引出しがたくさんついた簞笥《たんす》が鎮座していた。

部屋の隅にぽつんと火鉢が置かれているのが、どこか侘《わび》しさを醸《かも》し出している。

「雄哲先生、申し訳ない」

頭を下げてから、大左衛門が文机の引出しを開けた。

しかし、雄哲の行方につながるようなものはなにも出てこなかった。

「こちらの部屋には、雄哲先生の私物らしいものはないようでござるな」

八畳間を見渡して大左衛門がいった。直之進も同感である。佐之助と民之助が大左衛門を見てうなずいた。

襖《ふすま》を開けて直之進たちは六畳間に入った。

こちらにも文机がある。

「雄哲先生、申し訳ないが、こちらも開けさせていただく」

いちばん上の大きな引出しを大左衛門が開けた。

「おっ」

大左衛門が声を上げた。

直之進は目をやった。引出しの中に、文の束が見えた。

「拝見いたす」

断ってから大左衛門が文の束を手にした。全部で二十通ほどか。

真剣な眼差しを注いで、大左衛門が文の差出人を次々に見ていく。

「ふむ、差出人は樺山一太郎《かばやまいちたろう》どのという御仁《ごじん》が、ほとんどでござるな」

「富士太郎《ふじたろう》さんのお父上ですね」

即座に直之進はいった。うむ、と大左衛門が顎を引いた。

「樺山家とは富士太郎どのが幼い頃からの付き合いということを、わしも雄哲先生から聞いたことがあるが、富士太郎どののお父上からの文をこれほど大事に取ってあるなど、雄哲先生は一太郎どのから、よほどの恩を受けたのでござろうな」

その通りだ、と直之進は思った。

誰から聞かされたかはっきりしないが、若かりし頃の雄哲が誤った治療を女の子に施して死なせてしまい、その詫びとして女の子の両親に金を払ったら、その後、その両親から立て続けに金を要求されたという。

いつまでも金が続くはずもなく、雄哲がほとほと困り果てたとき、あいだに入ってくれた者があった。それが一太郎で、女の子の両親に話をつけてくれたというのだ。

その後、雄哲が金を要求されることは一切なくなったそうである。

――太郎さんの鮮やかな手並みが、雄哲先生はよほどうれしかったのだな。

「おっ、これは」

残りの数通の文の差出人を見ていた大左衛門がまた声を発した。

「この文の送り主の住まいは品川になっておるぞ」

「差出人はなんという」

すかさず佐之助がきいた。

「桜庵《おうあん》という人でござるな」

「医者のような名だな」

「俳号かもしれません」

民之助が大左衛門にいった。

「ああ、古笹屋どのも俳句をされるのだったな。確かに俳号のようでもある」

「雄哲先生は、この桜庵の見舞いに行ったのだろうか」

首をかしげた佐之助がいうと、大左衛門が同意してみせた。

「そうかもしれぬ。では、この文を読ませてもらおうかの。人の文を読むのは気が引けるが、今は危急のときゆえ致し方あるまい」

　低頭《ていとう》してから大左衛門が文を読みはじめた。

　ふむ、と鼻を鳴らす。

「この桜庵という人は、品川在住の医者のようでござるな。しかも、病がちのようだ。一度、雄哲先生に診てほしいとこの文には記されておる」

「では、雄哲先生は今もその桜庵というお医者のところにいらっしゃるのでしょうか」

　愁眉《しゅうび》を開いたように民之助がいった。

「それならよいのだが……」

　大左衛門の言葉は歯切れがいいとはいえなかった。

「どうした、館長。なにか気になることでもおありか」

　大左衛門を見つめて佐之助がきいた。大左衛門が目を転じて佐之助を見る。

「いや、この文がちと古いような気がしてならぬのでな」

「その文は最近、届いたものではないというのか」

「うむ、わしにはそういうふうに見える」

「古い文か……」

「こうして古い文を大事に取ってあるということは、桜庵という医者は、雄哲先生の旧友なのかもしれぬ」

さらに大左衛門が文を読み進める。

「これによると、どうやら一緒に長崎に遊学に行った間柄のようでござるな」

「一緒に長崎遊学か。それならば、雄哲先生にとってまちがいなく大事な友垣であろう」

納得したような声を佐之助が上げた。

「館長、ほかの者から届いた文はないのか」

「ないようでござる。雄哲先生が大事に取っておいた文は、樺山一太郎どのと桜庵という医者のものだけにござるな」

ほかになにかないかと、手がかりになりそうなものを直之進たちは探してみたが、雄哲の診療部屋の中でこれといったものは見つからなかった。

雄哲の診療部屋を出た直之進たちは廊下を歩き、母屋の外に出た。

雄哲が暮らしていた家にも行ってみた。だが、そこは診療部屋以上に荷物がなかった。

「雄哲先生は診療部屋で暮らされているようなものでしたから……」

嘆息するように民之助がいった。

仕方なく直之進たちは母屋に戻り、大左衛門の部屋に入った。

館長という地位にあるにもかかわらず、こちらは八畳間が一つあるだけである。

調度の類《たぐい》は、小さめの文机が置かれているに過ぎない。これは大左衛門という男の人柄をあらわしているといってよい。

その文机の上に、大左衛門が文の束を静かに置いた。

「さあ、皆さん、まずはお座りくだされ」

座布団を配った大左衛門がいい、自らが文机に背を向けて座してみせる。

直之進は、佐之助、民之助とともに大左衛門を中心に半円を描くように端座した。

「茶も出ぬが、どうか、ご容赦くだされ」

大左衛門の言葉に直之進たちはうなずいた。

「とにかく急ぐゆえ、前置きは抜きで、本題に入らせていただく」

厳《おごそ》かな口調で大左衛門がいった。

「いま我らがしなければならぬのは、雄哲先生を一刻も早く捜し出すことでござる」

　それを聞いて、直之進たちは一斉に顎を引いた。これについて異論がある者は、この場には一人もいない。

「ただし、闇雲《やみくも》に捜してもろくなことにならぬのは自明のことゆえ、どうすれば雄哲先生を捜し出せるか、その手立てを論じたいと存ずる」

　目玉をぎらりとさせて大左衛門が続ける。

「昨夜、わしは何度も考えたが、雄哲先生がここ秀士館から姿を消されて早や半月。その間、なんのつなぎもないのは、やはりおかしいといわざるを得ぬ」

「その通りです」

　間髪を容れずに同意してみせたのは、民之助である。

　民之助は、以前から薬種問屋という商売を通じて医者の雄哲と親しくしていたはずだ。心配の色が表情に濃く出ている。

「雄哲先生は、講義をおろそかにするようなお方ではありません。やはり雄哲先生の御身になにかあったとしか手前には思えません」

　うむ、と佐之助が顎を引いた。

「雄哲先生の居どころとして、どこが考えられようか。まことに雄哲先生は品川の友垣のもとへと行ったのか。この文の主である桜庵という医者か、それとも別の友垣のもとか」

すぐさま直之進は、大左衛門のあとを引き継いだ。

「雄哲先生が品川に向かったのであれば、おそらく桜庵どのに話をきければなにか手がかりがつかめるはずです。ですが、もし品川でないとすると……。友垣の見舞いに品川へ向かったというのは、助手の一之輔どのから聞いたこと。万が一、それが嘘だったとしたら……。それがしは一之輔どのの言葉を鵜《う》呑《の》みにしておったのかもしれません」

「ということは、雄哲先生が品川に行っていないことも考えられると……。友垣の見舞いというのは、一之輔以外、誰も口にしておらぬのでござるな」

確かめるように大左衛門がいう。

「はい、ほかに誰一人として雄哲先生が品川に行ったという話はしていないとそれがしは思います」

明瞭な声で直之進は答えた。

「館長、品川に桜庵という医者以外に、雄哲先生の友垣がいると聞いたことがおありか」

佐之助が大左衛門にただした。

「いや、ござらぬ」

かぶりを振って大左衛門がいった。

「古笹屋はどうだ」

民之助に顔を向けて佐之助がきく。

「いえ、手前も聞いたことはございません」

「古笹屋——」

鋭い口調で佐之助が呼びかけた。

「は、はい」

佐之助をこわごわとした目で見て、民之助が背筋を伸ばす。

「おぬし、一之輔について知っていることがあるのではないか」

「倉田師範代、なにゆえそう思われるのかな」

民之助が答える前に、大左衛門が佐之助にたずねた。

間を置かずに佐之助が口を開く。

「雄哲先生の行方について話し合うのに、古笹屋がこの場にいるのは、雄哲先生と特に親しくしているからだけではなかろう。雄哲先生の消息に心当たりがあるゆえであろうが、それは、こたびの件で鍵を握っていると思える一之輔のことも知っているからではないかと俺はにらんだ」

きっぱりとした口調で佐之助が答えた。

「さすがに倉田師範代でござる」

感心しきった顔で大左衛門が讃えた。

「古笹屋どのは、詳しいとはいえぬまでも、一之輔どのを知っておられる」

ほう、そういうことだったか、と直之進は少し驚いた。民之助がここにいる理由は、単に雄哲と親しいからとだけ考えていた。

——まことに倉田はさすがとしかいいようがない。俺とは頭の巡りが、やはりちがうな。

「古笹屋。一之輔とは何者なのだ」

詰問《きつもん》するように佐之助がいった。

「本当に川越の出なのか」

はい、と民之助がうなずいた。

「一之輔さんが、川越の者であるのはまちがいありません」

深くうなずいて民之助が断言した。

「なにゆえそういいきれる」

　ごくりと唾を飲み込んでから民之助がいう。

「手前は、一之輔さんの父親である井出《いで》武三《たけぞう》さんとは俳友でして、一之輔さんのことも知っているからでございます」

「一之輔の父親は武三というのか。何者だ」

「川越城下で医者をしていらっしゃいます。俳号を武骨《ぶこつ》さんといいます」

「武骨とは、また珍しい名をつけたものだな。変わり者か」

「一風変わっているかもしれませんが、変わり者というほどではありません。なんでも、もともとは武家の出らしく、身なりは医者に変わっても、心根は武士であるという意味を込めて、名づけたようでございます」

「ほう、もともと武家か……」

　顎をなでて佐之助がつぶやいた。

「一之輔が秀士館にやってきた経緯《いきさつ》を、古笹屋は知っておるのだな」

「存じております」

　唇を湿してから民之助が話し出す。

「雄哲先生自身、武骨さんとは昔からの知り合いでございました。雄哲先生が長崎に遊学された際、彼《か》の地で知り合われたはずでございます」

遠く長崎で知り合ったのか、と直之進は思った。

――すごいことだ。それならば、両者に強い絆があっても、なんら不思議はないな。

民之助が言葉を続ける。

「手前が武骨さんと知り合ったのも、川越に心の臓によく効く薬を求めている医者がいると雄哲先生が教えてくださり、薬を送ったことがきっかけでございます。その後、川越に行く用事があったときに、武骨さんの診療所に足を運びました」

「武骨の診療所に行ったのはいつのことだ」

「もう十年前のことですね」

けっこう前のことなのだな、と直之進は思った。

「一之輔さんが雄哲先生の助手になったのは、一人前の医者になれるようにせがれを鍛え上げてほしいと、武骨さんが雄哲先生に頼み込んだと手前は聞いております」

そういう経緯だったか、と直之進は思った。

――そのような仕儀《しぎ》ならば、一之輔どのが悪人というのはあり得ぬか……。

「一之輔の人柄はどうだ」

　直之進の思いを覚ったかのように、佐之助が民之助に問う。

「手前はその後、何度も川越に足を運び、武骨さんの診療所にもまいりましたが、一之輔さんとは一度も会ったことがありません。武骨さんには診療所とは別に家がございましたので、一之輔さんはそちらにいらしたのでしょう」

「では、一之輔とは面識がないのか」

「もしかしますと、昔、診療所で遊んでいた男の子がそうではないかと思いますが、確信はございません。せいぜいがその程度ですので、一之輔さんの人柄については、正直、存じません。申し訳なく存じます」

　律儀《りちぎ》に民之助が頭を下げた。

「なに、謝ることはないのだ」

　佐之助がいい、すぐに言葉を続ける。

「おぬし、今の一之輔の顔は知らぬのだな」

「はい。一之輔さんが雄哲先生の弟子になってから様子を見に来ればよかったのですが」

その答えを聞いて、佐之助が考え込む。

「まさか偽者の一之輔が雄哲先生に仕えていたというようなことはなかろうな」

顔を上げた佐之助がいきなりそんなことをいったから、直之進は仰天《ぎょうてん》した。

「本物の一之輔ではないというのか」

息継ぎをしてから、直之進は佐之助にただした。

「秀士館の誰もが一之輔の顔を知らぬのなら、そのことも頭に入れておくべきだろう」

冷静な顔で佐之助が告げた。

「いえ、さすがに雄哲先生は一之輔さんの顔はご存じだったはずです」

首を振って、しゃんとした様子の民之助がきっぱりという。

「雄哲先生は暇を見つけては川越にいらして、武骨さんの家にお泊まりになったと話していました。ですので、一之輔さんのことは幼い頃からご存じだったはずです。もし偽者が入れ替わっていたなら、雄哲先生はそのことをきっと見抜かれたでしょう」

「それなら、雄哲先生のもとで働いていた助手は、紛れもなく一之輔本人だったと考えてよいのだな」

「その通りだと存じます」

「ならば——」

声を大にして直之進はいった。

「一之輔どのが雄哲先生に対し、悪事をはたらくというのは考えにくいな」

「はい、手前にはとても考えられません」

民之助がはっきりと答えた。

「だとしたら、なにゆえ雄哲先生は姿を消したままなのか……」

首をかしげて直之進はつぶやいた。

「だが湯瀬、いくら武骨という俳号を持つ医者が雄哲先生と親しかったとしても、そのせがれが父親と同じ性質《たち》であるとは、いえぬのではないか」

「一之輔どのが腹に一物《いちもつ》持っていたというのか」

「そういうことも考えに入れておくべきだと思う。俺も信じたくはないが、悪人とつるんだ一之輔が、言葉巧みに雄哲先生を誘い出したということも考えられる」

確かにそれもあり得る、と直之進は思った。

「だが倉田、その場合、武骨という医者が雄哲先生を選んでせがれを託したのなら、一之輔に含むところがあって雄哲先生に近づくのは無理だな」

うむ、と佐之助が首を縦に動かした。

「悪人が企みを抱いて、一之輔に近づいたのかもしれぬ」

「一之輔が悪人に籠絡《ろうらく》されたかもしれぬというのか」

「腕のよい医者は、なんでもできるのではないか。雄哲先生は老中首座だった水《み》野《の》伊《い》豆《ず》守《のかみ》の御典医をつとめたほどのお方だ。金はうなるほど持っているだろうしな。誰かに毒を飼うのもお手の物だろう。悪人には好都合ではないか」

「毒だと……」

呆然として、直之進はそれ以上の言葉をなくした。

すぐに佐之助が口を開いた。

「一之輔が雄哲先生のことを慕っていたとしても、悪人に弱みを握られたとしたら、どうだ」

「悪人に脅されて、やむなく悪事に手を貸したということか……」

不意に佐之助が沈思《ちんし》した。なにか思いついたようにいう。

「仮に一之輔の背後に悪人がいるとすると、雄哲先生はかどわかされたことになるか。かどわかしの目的は金だろうか。だが、身《み》の代《しろ》ほしさに雄哲先生をかどわかしたとして、半月ものあいだ、悪人からなにもつなぎがないのも妙だ」

「かどわかしなら、間を空けずに身の代を払えといってくるはずだな」

「だとすると、かどわかしの筋はないと考えてよいのか。――ふむ、雄哲先生が姿を消した理由は、ほかになにが考えられるだろうか」

「自ら姿を消したというのはどうだろうか」

「なにゆえ雄哲先生が自ら姿を消さねばならぬ。その理由は」

「もしかしたら……」

それまで黙っていた大左衛門がいった。

「秀士館の仕事に嫌気が差して、いなくなられたというのは考えられぬか」

「それは考えられぬ」

一顧《いっこ》だにせずに佐之助がいいきった。

「倉田師範代、なにゆえそこまではっきりといえるのかな」

不思議そうに大左衛門がきく。

「雄哲先生は、黙って姿を消すような男ではないからだ。嫌気が差したら、その旨を館長にいって堂々と辞めていくだろう」

「ふむ、倉田師範代のいう通りだの」

納得したように大左衛門がいった。

「雄哲先生は、思ったことを遠慮なくおっしゃるお方でござる。もし秀士館の仕事に不満があったら、必ずやわしに物申していたでしょう。なにもいわずに姿を消すはずがござらぬ」

「では、雄哲先生が自ら姿を消したという筋はないと考えてよいのか」

佐之助を見つめて直之進はいった。

「自ら姿を消したのならば、雄哲先生からつなぎがないのがおかしい。先ほど古笹屋もいったが、雄哲先生はそんな不義理をする人ではないからだ」

その佐之助の言葉に、民之助や大左衛門が大きくうなずく。

「だが倉田、もしやのっぴきならぬ理由があって、雄哲先生自身、済まぬと思いつつもつなぎができぬということは考えられぬか」

佐之助が、直之進にいぶかしげな目を向けてきた。

「湯瀬、それはいったいどのような事態が考えられるのだ」

「出かけた先で重い病にかかったとか、怪我をして動けなくなったとか。あるいは、正気を失うようななにかがあったとか」

直之進は思いつくままに述べた。

なるほどな、と佐之助がいった。

「湯瀬のいう通り、なんらかの事情があって、雄哲先生がつなぎをつけられぬというのは、考えられぬではないな」

きらりと目を光らせて佐之助がいった。

「倉田もそう思うか」

直之進は、そのことが単純にうれしかった。

佐之助がいったん閉じた目を開けた。

「古笹屋、姿を消す直前の雄哲先生の様子はいかがであった」

「手前には、いつもと変わらない雄哲先生に見えました。生き生きと元気なお顔をされているように思いました」

「わしも同じでござるよ。雄哲先生におかしな様子は、なにもなかったと断言できる」

力強い口調で大左衛門がいった。

「つまり、ここ最近の雄哲先生は誰かに脅されたり、狙われたりしてはいなかったということだな」

結論づけるように佐之助がいった。すぐに気づいたように言葉を続ける。

「狙われていることに、雄哲先生が気づいていなかったということもあり得るが、妙な気配をまったく覚えぬということはやはりあるまい」

「ああ、そういえば……」

なにかを思い出したように民之助が声を上げる。

「最近の雄哲先生に、一つだけこれまでとちがうことがありました」

「それはなんだ」

間髪を容れずに佐之助がきく。

「雄哲先生はお医者ですから、別段おかしなことではないのですが、二十日ばかり前、徳験丸《とくげんがん》という薬は手に入らぬか、ときかれました」

「徳験丸……。それはなんの薬だ」

「肝の臓に効く薬です。漢方でなく蘭方薬でございます」

「蘭方なのに、漢方のような名だな」

「もともとは蘭方の名がつけられていたらしいのですが、徳験丸をこの日の本《ひのもと》の国で最初に仕入れた薬種問屋が、漢方らしい名をつけ直したそうにございます。蘭方のままでは、売りにくかったのでしょう」

「そういうことか。肝の臓の薬か……」

「蘭方薬にありがちなことなのですが、徳験丸はかなり強い薬でございまして、年寄りや病が重篤の者にはあまり向いておりません。体が弱っている者には、薬の効き目があまりに強すぎて、体のほうが耐えきれなくなってしまうのでございます。使い方を誤ると、死に至ります」

「若い者や肝の臓の病が軽い者には、徳験丸は向いておるのか」

「徳験丸の強さに耐えられる者には、特効薬といってよいかもしれません。徳験丸という薬には、体から悪いものを取り除く効能があるといわれております」

「それは解毒ということか」

「はい、おっしゃる通りでございます」

「古笹屋は、その徳験丸という蘭方薬を雄哲先生に渡したのか」

「いえ、渡しておりません」

首を横に振って民之助が答えた。

「残念ながら、店に徳験丸がなかったのでございます」

「徳験丸は手に入りやすい薬なのか」

「いえ、その逆でございます。ひじょうに手に入りにくい薬でございます。江戸広しといえども、徳験丸を扱っている薬種問屋はたった二軒しかございません。

その上、扱っている薬種問屋に足を運んだとしても、在庫がないことのほうが多いのではないでしょうか。実際、手前はその二軒に問い合わせてみましたが、徳験丸の在庫はございませんでした」

「手に入れにくいというより、出回るのが稀《まれ》な薬のようだな」

「はい。まことに稀少薬としかいいようがありません。日の本の国でつくっているわけではありませんので」

「古笹屋、雄哲先生に徳験丸のことを頼まれたのは、そのときが初めてか」

「その通りにございます」

「肝の臓の病に効く薬というのは、ほかにいくらでもあるのだろう。ちがうか」

佐之助が民之助にさらにきいた。

「はい、おっしゃる通りでございます。いくらでも手に入る薬はございます。効き目の強さでは、徳験丸には及びませんが」

「別の薬を、おぬしは雄哲先生に薦めなかったのか」

「お薦めいたしました。しかし、雄哲先生は難しいお顔をされ、徳験丸でなければならぬのだ、とおっしゃいました」

雄哲先生がそれほど徳験丸に執着されたというのは、と直之進は思った。

　──徳験丸という薬には、よく出回っている肝の臓の薬とはちがう、なにか別の働きがあるからだろうか。

「徳験丸という蘭方薬は、効き目が強い以外に、他の肝の臓の薬となにがちがうのだ」

　佐之助がなおも民之助にきく。

「効き目がひじょうに強いこと以外、ほかにはなにもございません。先ほども申し上げましたが、体から悪いものを取り除く力が抜きん出ているということが、徳験丸の一番の特徴でございます」

「先ほど、使い方を誤ると死に至るといったが、もし徳験丸のことを熟知しているとしても、用い方次第で患者は危うくなるのだな」

「その通りでございます。あまりに病が重篤すぎて、一か八かということで、用いることもあるのでございましょうが……」

　そのやりとりを聞いて、直之進は肝が冷える思いを味わった。

　──まさか徳験丸を使って、肝の臓の病に冒されている者を密かにあの世に送るよう、雄哲先生が何者かに命じられているということも考えられるな。

　もし逆らえない何者かにそんなことを命じられたら、雄哲は誰にもいうことなく姿を消すしかないだろう。

——だが、どんなことがあろうと、雄哲先生はそのような真似をされるお方ではない。とてもまっすぐなお方だ。医術は人を救うためにあると常々おっしゃっている。そんなお方が、悪事に手を染めるはずがない。

「その後、雄哲先生は徳験丸を手に入れたのかな」

民之助をじっと見て佐之助がたずねた。

「それは手前にもわかりません」

眉根を寄せて民之助が首をひねった。

「再三、申し上げておりますが、あの薬はなかなか手に入るものではありません。手前もこれまでに一度しか、目にしたことがありません。よほどの老舗《しにせ》ならば在庫があるのかもしれませんが……」

「古笹屋はいつどこで徳験丸を目にしたのだ」

新たな問いを佐之助が放った。

「あれは、品川の薬種問屋でした。もう二十年は前のことでございますね」

「品川……。その薬を取りに、雄哲先生は品川に行ったというのも考えられるか」

つぶやくように佐之助がいった。

「いえ、それはありません」

断ずるように民之助が答えた。

「なにゆえだ」

すかさず佐之助が問うた。

「その薬種問屋はなくなってしまったからでございます」

「なにゆえなくなった」

「十年以上も前に、品川で五十軒ばかりを焼いた大火があったのでございますが、そのときに店が類焼《るいしょう》して主人も跡継ぎも亡くなってしまいました。その後、薬種問屋は再建されておりません。徳験丸を仕入れられる伝《つて》を持つ店は、今の品川には一軒もないでしょう」

「そうか……」

ふう、と佐之助が息を入れた。

「しかし倉田、雄哲先生が徳験丸を探しに出かけたというのは、十分に考えられるのではないか」

佐之助を見つめて直之進はいった。

「確かにな」

直之進を見返して佐之助がうなずく。

「古笹屋、徳験丸を手に入れられる店はほかにもあるのか」

ほとんど考えることなく民之助が答えた。

「あとは川越にあるかもしれません」

「川越だと」

佐之助の声が凄みを帯びた。

「雄哲先生から徳験丸のことをきかれたとき、手前は川越の薬種問屋にならあるかもしれないとお答えしました。その店に在庫があるかどうか、早飛脚で問い合わせてみたのですが……」

「返事はきたのか」

「はい、まいりました。在庫はないとの返事でした」

「そのことを雄哲先生に伝えたか」

「いえ、返事が届く前に雄哲先生はいなくなってしまわれたので……」

悔しげに民之助が唇を嚙んだ。

「だったら雄哲先生が、その薬を求めて川越に行ったということもあり得るか……」

眉間にしわを寄せて佐之助が考え込む。

――在庫があるかどうかわからないまま、雄哲先生が十里以上も離れている川越の薬種問屋にわざわざ足を運ぶということがあるのだろうか。

直之進は、あり得るのではないか、という気がした。

だが、とすぐに直之進は思った。

――川越は江戸から歩いて一日余りの距離でしかない。すでに雄哲先生がいなくなって半月もたっている。これはどう説明すればよいのか。

顔を上げた佐之助が民之助を見る。

「古笹屋、改めてきくが、雄哲先生の行き先について心当たりはないのだな」

「はい、申し訳ございません。雄哲先生とは親しくお付き合いさせていただいておりますが、心当たりはございません」

民之助が済まなそうに頭を下げる。

「実は手前は文で、雄哲先生の消息について早飛脚で武骨さんにたずねております。つい先日、武骨さんからその返信がございました」

「なんと返事があったのだ」

勢い込んで佐之助がきく。

「残念ながら、武骨さんにも心当たりはないとのことでございました。雄哲先生の行方が知れないと知って、文の中で武骨さんはひどく驚いておられました」

「そうか。古笹屋、その文で一之輔がいなくなったことも、伝えたのか」

「そのときは一之輔さんはまだ秀士館にいると聞いておりましたので、伝えておりません。二通目の文で、一之輔さんが雄哲先生を捜しに出たことを伝えましたが、武骨さんからの返事はまだ届いておりません」

「そうか」

すぐに目をぎろりと回し、佐之助が民之助をじっと見た。

その眼差しの迫力に、びくりと民之助が体をこわばらせる。

「古笹屋はいつ二通目の文を出したのだ」

「あっ、はい。一之輔さんがここ秀士館を出た三日後くらいでしょうか」

目を落とし気味に民之助が答えた。

「三日後か。ずいぶんと早いような気がするが……」

「はい、確かに早いかもしれません」

ごくりと民之助が喉仏《のどぼとけ》を上下させた。

「雄哲先生が秀士館から姿を消し、そのあとに一之輔さんも捜しに出たままでしたので、これはなにかあったのだなと思い、二通目の文を武骨さん宛てに書きました」

そういうことか、と直之進は思った。

「さすがにそのあたりは、機を見るに敏《びん》な商人らしい手配りだ」

直之進は民之助をほめた。

「畏れ入ります」

こうべを垂れた民之助がさらにいった。

「手前は一応、品川にも人を差し向けました」

えっ、と直之進は驚いた。佐之助も大左衛門も、目をみはって民之助を見ている。

「古笹屋どのは、雄哲先生を捜させたのだな。結果はどうであった」

大左衛門が身を乗り出してきいた。

「残念ながら、雄哲先生の消息について、なにも得るものはございませんでした。人任せにせず、自ら足を運んでおけば、またちがう結果になったのかもしれませんが……」

「そなたは、一方で古笹屋という薬種問屋のあるじどのだ。いろいろと忙しかろう」

民之助を慰《なぐさ》めるように大左衛門がいった。

その大左衛門に、佐之助が目をぶつける。

「館長はいかがだろうか。雄哲先生の行方に心当たりは」

佐之助にきかれて、大左衛門が鬢《びん》を人さし指でかいた。

「あればよいのだが、わしにも心当たりはござらぬ。雄哲先生の人柄や医術の腕前は、よくよく調べたのちに秀士館に来ていただいたが、正直、雄哲先生の出自は、ろくに知らぬ」

そういうものだろうな、と直之進は思った。

実際、秀士館ができる前に直之進も雄哲について大左衛門からその為人《ひととなり》をきかれた。申し分ない人物だと直之進は答えていた。

「一之輔について知っていることは」

佐之助に問われ、大左衛門が首を横に振る。

「一之輔という男には、正直、ほとんど会ったことがないのでござるよ。おのおのの教授方が雇い入れる助手のことまで、詳しくは把握しておらぬゆえ」

それはそうだろうな、と直之進は思った。直之進自身、怪我をした右腕を診てもらうために雄哲の部屋に赴《おもむ》いたとき、一之輔という見知らぬ男が応対に出てきて、驚いたくらいなのだ。

直之進は、そのときの能面のような一之輔の冷たい顔を再び思い出した。

――あの顔は演じていただけで、一之輔という男は、別の顔を持っているのかもしれぬ。

「さて、それで雄哲先生を捜すためにはどうすればよろしいかな」

大左衛門が佐之助、民之助、直之進の順番に目を当ててきた。

六

なんと答えようか直之進が思案しはじめたとき、部屋の板戸の向こうで声がした。

「どなたかな」

大左衛門が板戸に向けて、張りのある声を発した。厚みのある戸なので、このくらいの声でないと聞こえないのだろう。

「岩三《いわぞう》にございます」

しわがれ声が直之進の耳に届いた。岩三は、秀士館の門番である。

「入りなさい」

大左衛門がいうと、失礼いたします、と板戸が開いた。岩三が敷居際で片膝をつき、顔をのぞかせている。

「湯瀬さまにお客さまにございます」

それに負けない声で岩三がいった。

「俺に客だと。どなたかな」

意外な気がして直之進はたずねた。

「はい、町方のお役人にございます」

「町方とな……」

つぶやいて、大左衛門がちらりと直之進を見る。

「では、見えたのは富士太郎さんか」

直之進は岩三にただした。

「さようにございます。門のところまでいらしておりますが……」

「館長、富士太郎さんにこちらに来ていただいても構いませぬか」

目を転じ、直之進は大左衛門にきいた。

「もちろんでござるよ」

答えて大左衛門が岩三に顔を向ける。

「樺山どのがいらしているのなら、珠吉《たまきち》さんも一緒なのであろう。お二人にすぐここに来てもらいなさい」

厳かな声で大左衛門が岩三に命じた。

「承知いたしました」

すすす、と音を立てて板戸が閉じられる。

「富士太郎さんがなんの用事だろう。見廻りに忙しい刻限だと思うのだが」

首をひねって直之進はいった。

「なにか、湯瀬師範代にお知らせしたいことがあるのでござろうな」

その瞬間、はたと大左衛門が膝を打った。

「ああ、そうだ。わしにも湯瀬師範代や倉田師範代にお伝えしたいことがあった」

大左衛門が、直之進と佐之助を交互に見ていった。

「御上覧試合が終わったあと、上さまが室谷半兵衛に襲われて怪我を負ったのは、お二人にはいうまでもないことでござるな。上さまのお怪我の具合が、お二人は気にかかっているのではござらぬか」

「確かに」

佐之助が深くうなずいた。直之進も同感である。

「倉田師範代が身を挺《てい》して守ってくれたおかげで、上さまの御身は大事ないそうにござる。額の傷も出血はいっときはひどかったそうにござるが、傷自体は大したことがないとの由《よし》にござる。むろん、上さまの命に別状はござらぬ」

「それはよかった」

肩から力を抜くようにして、佐之助が安堵の息を漏らした。なにしろ佐之助は御家人の三男坊、将軍家は主筋なのだ。

おそらく将軍が死ぬようなことにはならないと怪我の程度からしてわかってはいたが、世上の噂話ではなく、公儀の内情に通じている大左衛門の話を改めて聞いて、直之進もほっと胸をなで下ろした。

「室谷半兵衛の上さま襲撃の責めを負って、自害しようとした老中首座の内藤紀伊守さまは老中職を解かれ、隠居されもうした。世継ぎは紀伊守さまのご子息でござる。そのあたりの事情は、お二人ともご存じでござるかな」

「老中職を解かれて隠居されたことは存じていましたが、そのほかのことは初耳です」

直之進は静かにいった。同感だといわんばかりに佐之助も首肯《しゅこう》している。

「さようでござるか」

すぐさま大左衛門が言葉を続ける。

「内藤紀伊守さまは、もう江戸をあとにされもうした」

「えっ、江戸を去られたのですか。では越後《えちご》の村上《むらかみ》に……」

腰を浮かせて直之進はきいた。

「さよう。これからは国許で逼塞《ひっそく》も同然に暮らすようでござる。隠居したのちも江戸で暮らすお大名が多い中、江戸にいては上さまに顔向けできぬという思いがあるのでござろうな。きっと今頃は、旅の途上でござろう」

どんな気持ちなのだろうか、と直之進は思いやった。内藤紀伊守といえば、これまで公儀で最も力を持つ男だった。

それが一転、今や江戸を追われるかのように、悄然《しょうぜん》として国許へ向かっている。

新参者とはいえ、自分の家臣である室谷半兵衛が将軍を斬り殺そうとしたのだ。

　これから代を重ねていき、こたびの一件のほとぼりが冷めたとしても、内藤家が公儀の表舞台に返り咲くことは二度とないだろう。

「館長――」

　座り直して直之進は呼びかけた。

「御上覧試合の優勝の正賞である徳川家伝来の太刀と副賞の二千両については、どうなっているのですか」

「それでござるか」

　深い色の瞳で、大左衛門が直之進を見つめてくる。

「湯瀬師範代は、別にその二つがほしいというわけではござらぬようだな。お顔を拝見すれば、欲がないのはよくわかりもうす」

「いえ、そのようなことはありませぬ。正直、お金も太刀もほしいと思っています」

「しかし、それをすべてわがものにするつもりではなかろう」

　それに関しては、別に否定することではない。直之進はうなずいた。

「徳川家伝来の太刀と二千両は、いまだに宙に浮いたままのようでござるよ。公儀の要人たちのあいだでも、どうしたものかと決めかねているようでござる」

「さようですか」

「室谷半兵衛にやれぬからといって、湯瀬師範代に繰り上げてやるわけにもいかぬようでござる」

「それは当たり前のことでございましょうな。決勝で敗れた者に優勝の褒美はやれますまい」

「しかし、実際、繰り上がりでくだされればよいのにな」

それにしても、と大左衛門を見つめた直之進は驚きを禁じ得ない。

――ここまで公儀の内情に通じておられるとは、館長はいったい何者なのだろうか。正直、館長の真の正体を知りたいものだな。

直之進がそんなことを思ったとき、また板戸の向こうで、ごめんという声がした。

「入ってくだされ」

板戸に顔を向けて、大左衛門がいった。

その声に応じて、するすると板戸が横に滑っていく。

「失礼します」

敷居際に富士太郎が立っていた。背後に中間《ちゅうげん》の珠吉が控えている。

「樺山どの、珠吉さん、よくいらしてくれましたな」

にこやかに大左衛門がいった。

「どうぞこちらへ」

「失礼します」

富士太郎が一礼し、敷居を越えた。珠吉がその後ろに続く。

富士太郎が大左衛門の隣に座し、珠吉はその背後に控える形で端座した。

「お忙しいところ、急にお邪魔してまことに申し訳ありませぬ」

富士太郎が丁寧にいい、頭を下げた。珠吉も低頭している。

「富士太郎さん、どうかしたのか」

直之進は、顔を上げた富士太郎にきいた。

刻限は、まだ朝の四つにはなっていないはずだ。富士太郎と珠吉は南町奉行所からまっすぐここに来たのではないか。

はい、と富士太郎がうなずいた。

「内藤紀伊守さまの中間だった伊戸吉《いときち》の首を刎《は》ねて逃げていた浪人二人を昨夜、捕らえましたので、そのお知らせにまいりました」

富士太郎がすらすらと述べた。

「伊戸吉の首を刎ねた浪人どもというと――」

富士太郎をじっと見て佐之助がいった。

「内藤紀伊守に主家を取り潰され、うらみを晴らそうと内藤紀伊守の行列を襲撃した者どものことだな」

どこか憎々しげに佐之助がきく。

直之進は佐之助の横顔を見やった。

考えてみれば、佐之助は、十人の浪人が内藤紀伊守の行列に斬り込み、伊戸吉の首を内藤紀伊守に向かって放り投げたのを目の当たりにしているのである。

――倉田は、内藤紀伊守さまに主家を取り潰されたといううらみがあったとはいえ、罪のない中間を血祭りに上げるなど、もってのほかと考えているのだろう。

結局、内藤紀伊守の行列を襲撃した十人の浪人のうち四人が室谷半兵衛に斬られ、残りの六人のうち、無傷の二人が這々《ほうほう》の体《てい》で逃げていったということだった。

その逃げた二人が昨夜、ついに捕らえられたのだ。

「捕らえられた二人は当然、斬首だろうな」

強い口調で佐之助が富士太郎にただした。

「あの二人の浪人は、伊戸吉殺害の廉《かど》で、まちがいなく小伝馬町《こでんまちょう》の牢屋敷内において、首を刎ねられます」

「いつ斬首に処せられるのだ」

「今月内にはまちがいなく」

「そうか」

ほっとしたように佐之助がいった。

「お伝えしたかったのはこれだけです。では、これにて、それがしどもは失礼いたします」

一礼した富士太郎が立ち上がりかけたが、直之進を見て、すぐに座り直した。

「ああ、直之進さんに伝言があるのを忘れていました。少しだけ、よろしいですか」

富士太郎が大左衛門にうかがいを立てる。

「もちろんでござるよ」

にこりとして大左衛門が快諾する。

居住《いず》まいを正し、富士太郎が直之進を見つめてきた。

「直之進さん、米田屋さんからの伝言があります」

米田屋の主人の平川琢《ひらかわたく》ノ介《すけ》のことである。前のあるじの光右衛門亡きあと、琢ノ介が店を継いだのだ。

「富士太郎さん、どんなことかな」

直之進は穏やかに富士太郎にいった。

「はい。米田屋さんは直之進さんに、以前の住まいがあった小日向東《こひなたひがし》古川町《ふるかわちょう》に戻ってきてほしいそうです」

えっ、と直之進は思った。

――琢ノ介は、そのようなことを考えているのか。

「直之進さんの気に入る家が見つかるまで、何軒でも周旋《しゅうせん》するといっています」

「気に入りの家が見つかるまで……」

「どうも琢ノ介さんは、直之進さんが小日向東古川町を去って、寂しくてたまらないみたいですよ」

いわれてみれば、直之進がここ秀士館に越してきてから、琢ノ介に会う機会はめっきり少なくなった。

――琢ノ介に最後に会ったのは、いつだっただろうか。

御上覧試合の予選である東海大会に出るために沼里へ赴く際、直之進は主君真興《さねおき》の配慮で海路を取ったが、そのとき霊岸島《れいがんじま》に見送りに来てくれた琢ノ介と会った。そのときが最後ではないか。

だとしたら、もう一月《ひとつき》は会っていないだろう。以前はこんなに長く会わないことなど、滅多になかった。

――それにしても、まさか琢ノ介がそんなに寂しがっているとは……。

そこまで聞いては、友想いの直之進はさすがに思案せざるを得ない。

佐之助が今も秀士館内に住み込まず、音羽町《おとわちょう》から通っているのだから、自分に同じことができないはずがない。

「富士太郎さん。少し考えさせてくれと琢ノ介に伝えてくれぬか」

今の直之進はそれしかいえない。

「承知しました。必ず伝えます」

にこやかに富士太郎がいい、再び立ち上がろうとした。

それを制するように直之進はいった。

「富士太郎さんは、いま雄哲先生の行方がわからなくなっていることを知っているか」

「えっ、雄哲先生、行方知れずなのですか」

目をみはって、富士太郎がきき返してきた。珠吉も驚きの色を隠せずにいる。

「いったいどういうことですか」

雄哲とは富士太郎がまだ赤子の頃からの付き合いだと直之進は聞いている。

「実はな、富士太郎さん」

富士太郎と珠吉に向かって、直之進は委細を説明した。

「そうですか、品川に友垣の見舞いに行くとおっしゃって、もう半月も前から行方がわからないのですか」

暗澹《あんたん》とした顔で富士太郎がいった。いかにも心配そうである。

富士太郎は幼い頃から雄哲のことを知っているし、前に聞いたところでは、雄哲は富士太郎の父親である一太郎の最期を看取《みと》っているともいう。

それだけ深い付き合いのある人の身が、案じられないわけがない。

「富士太郎さん、雄哲先生が行きそうな場所に心当たりはないか」

身を乗り出して直之進はたずねた。

「心当たりというほどのものはありませんが、確か、雄哲先生にはお妾《めかけ》がいましたね」

いわれてみれば、と直之進は思い出した。

「雄哲先生はそのお妾に家を持たせて住まわせていらっしゃるはずです。雄哲先生がそちらにいらっしゃるということはありませぬか」

「いえ、そちらに雄哲先生がいらっしゃるということはござらぬ」

きっぱり否定したのは大左衛門である。

「わしが雄哲先生を秀士館の教授方に招聘《しょうへい》した際、こちらの仕事に専念したいとおっしゃって、雄哲先生はこの敷地内の家に住み込んでくださった。そのとき雄哲先生は、その妾とは縁を切ったのでござるよ。今はもう別の人の妾になっていると前に雄哲先生が話してくださった。そのことに雄哲先生は、安心している様子でござったよ」

「ああ、そうだったのですか」

富士太郎が納得したような声を上げた。

妾と縁を切り、かなりの覚悟を持って雄哲が秀士館の教授方になったのが知れ、直之進はなんとしても捜し出さねば、と改めて思った。

「それがしも、雄哲先生の捜索に加わってもよろしいでしょうか」

同じように感じたのか、いきなり富士太郎がそんなことをいった。

「しかし富士太郎さんには、お役目があるのではないか」

一応、直之進はいってみた。

「いえ、直之進さん。人捜しもそれがしの役目の一つですよ」

胸を張り、富士太郎が力強くいった。

「富士太郎さんが雄哲先生の探索に加わること、珠吉はどう思う」

直之進は、富士太郎の忠実な中間にきいた。直之進を見て、珠吉がにこりとする。

「あっしが反対するはずがありやせん」

珠吉が明快に答えた。

「あっしは、樺山の旦那のいう通りにするだけですからね」

「そうか」

つぶやいて直之進は佐之助を見た。佐之助がうなずきを返してくる。

「樺山――」

目を転じて佐之助が富士太郎に呼びかけた。

「ならばおぬし、品川に行ってくれぬか。品川で雄哲先生を捜してほしいのだ。

雄哲先生がまことに友垣の見舞いに行ったのがわかれば、それで俺たちは安心できる」

「はい、承知いたしました」

「だが樺山、友垣の見舞いではなく、別の用件で雄哲先生が品川に行ったとも考えられる。とにかく、品川に雄哲先生の痕跡がないか、徹底して当たってほしい」

「わかりました」

なんの迷いも見せることなく、富士太郎が首を縦に動かした。

「樺山、品川は番所の管轄内といっても、おぬしの縄張外であろう。まことに大丈夫か」

佐之助が念押しするようにきいた。

「大丈夫です」

きっぱりと富士太郎がいった。

「ことがことですので、たとえ縄張外といえども、上役の許しは得られると思います」

その自信あふれる顔つきからして、富士太郎は確信を抱いているようだ。

そうか、と佐之助がいった。

「実をいうと、品川には桜庵という医者がいるようなのだ。この医者は雄哲先生の友垣らしいのだが、実際に雄哲先生が桜庵に会いに行ったかどうか、定かではない。樺山、まずは桜庵の診療所に行ってみてくれぬか」

「承知いたしました」

佐之助を見つめて富士太郎がうなずいた。

「では、その桜庵さんの住まいを教えてくださいますか」

富士太郎がいうと、大左衛門が文机の上から一通の文を手に取り、裏返した。

「品川と一口にいっても広うござるな。桜庵さんの診療所は、北品川のほうだな。正徳寺《しょうとくじ》という寺の門前のようでござる」

「正徳寺の門前ですね。わかりました」

念のためか、腰から矢立《やたて》を取り出した珠吉が書きつけている。

「それで倉田、品川は富士太郎さんたちに任せるとして、俺たちはどうする」

「幻の薬とでもいうべき徳験丸を手に入れるために、雄哲先生が川越に行ったということも十分に考えられる。しかも、川越は一之輔の故郷でもある。この二つが重なった以上、川越へ行くのは当然だろう」

――ならば、案の定、俺は川越に赴くことになるか。よし、望むところだ。

直之進は体に力をみなぎらせた。そのとき、ずきんと左腕が痛んだ。

「湯瀬、きさまは留守番だ」

思いがけないことを佐之助にいわれ、直之進は驚いた。

「倉田、なにゆえそのようなことをいうのだ」

「その左腕だ」

「これしきのこと、なんでもないぞ」

「いや、そんなことはあるまい」

佐之助が目をきらりと光らせた。

「今も痛みが走ったのではないか」

むっ、と直之進は詰まった。

――覚られていたか。

「湯瀬、きさまはまず左腕を治すことに専念せい。室谷半兵衛の木刀に叩き折られた直後、新美謙之介が手際よく手当をしてくれたから、きっとすぐに治るはずだ」

「いや、もうほとんど治っておるぞ」

いきなり佐之助が手刀《てがたな》で直之進の左肩を打った。

その手刀があまりに速かったことに加え、まさか佐之助がそんなことをしてくるとは思ってもいなかったために、直之進はよけられなかった。

佐之助が触れるように軽く打っただけなのは直之進にもわかったが、かなりの痛みが左腕を駆け抜けていった。

むう、と直之進はうめき声を上げた。

「湯瀬、わかったか。もし我らの目の前に敵とおぼしき者があらわれたとき、今のきさまが役に立つとは思えぬ」

ようやく左腕から痛みが消えた。

――軽く左肩を打たれただけでこんなに痛いのでは、刀を打ち合わせたとき、いったいどれだけの痛みに襲われるものか。

考えるだに恐ろしい。

「わかったか、湯瀬」

それでも直之進は承服できなかった。

「戦う際、左腕を使わなければよいだけの話ではないか」

「右腕もようやく治ったばかりだろう。なまっているのではないか。左腕は沼里でさんざん鍛えてやったが……」

いわれてみれば、と直之進は思った。右腕はこのところほとんど鍛えていない。直之進はうつむいた。

くそう、と思ったが、どうすることもできない。

――もはや観念するしかないようだ。

「ああ、わかった。俺は留守番に回ることにしよう」

「ようやく聞き分けたか」

安堵したように佐之助がいった。

「もし俺たちや樺山たちの手が足りぬということになった際、すぐに手助けができるよう、ここで待機しておれ」

「つまり俺は遊軍ということか」

「その通りだ。怪我が治るまでは道場のことを頼む」

「承知した」

しぶしぶではあるものの、直之進は了解した。

新たに品田十郎左を師範代に準ずる者としたものの、またも佐之助と二人そろって道場を留守にするわけにはいかない。

師範の川藤仁埜丞に負担がかかりすぎよう。

雄哲の手当はうけなかったが、一時あまりに治りが遅く、傷口から腐っていくのではないかという危惧があった右腕は、ほぼ治っている。

——きっと左腕もすぐに治ろう。俺は傷の治りだけは早いはずだ。

しゃんと背筋を伸ばして直之進は佐之助を見た。

「それで、おぬしはどうするのだ。一人で川越に行くのか」

いや、と佐之助がかぶりを振った。

「古笹屋を連れていく。古笹屋は川越に土地鑑があるし、武骨という知り合いもおる。そういう者が一緒に行くほうが、探索は進むのではないか」

その通りであろう、と直之進は思った。

——せっかくの旅支度が無駄になったことをおきくに謝らなければならぬな。

心中でそんなことを直之進は考え、そっと目を閉じた。

第二章

一

川目屋敷の庭の隅には、一本の松の大木が天を突くようにそそり立っている。

晩夏のある日、忍びの鍛錬《たんれん》の一つとして、どっちがその松のてっぺんまで早く登れるか、郷之助は兄の恭太郎と競い合っていた。

木登りは幼い頃から郷之助が特に得手《えて》としていたので、何度やっても兄に後れを取ることはなかった。

そのうちに郷之助は飽きてしまい、濡縁《ぬれえん》に座り込んで冷たい茶をすすっていたのだが、生真面目な恭太郎は決して木登りをやめようとはしなかった。

多くの忍びを率いる番頭として、下忍働きも最上のものでないとならぬ、と固い信念を抱いている兄らしく、何度も何度も木登りを繰り返したのである。

そうこうしているうちに夕刻が迫ってきた。その上、南の空に厚い黒雲がわき出し、空が一気にかき曇った。

強い風も吹きはじめ、あたりは、早くも夜がきたかのような暗さに包み込まれた。

雨になりそうな雲行きに郷之助は、なおも松に登ろうとしている恭太郎に、やめるように声をかけた。

「兄上、高いところは雷が落ちますよ」

郷之助を振り返った恭太郎は、ゆったりとした笑みを浮かべた。

「これが最後だ」

自信にあふれた顔で郷之助に告げた。

そして恭太郎は、かつてないほどの素早さで、松の木に登ってみせたのだ。もし郷之助と速さを競っていたら、その回に限っては兄が勝っていたかもしれない。それほど素早かった。

松のてっぺんの枝に立った恭太郎が誇らしげに両手を突き上げたとき、いきなり稲妻が空を駆け抜けた。

その光景を郷之助は、はっきりと見た。あっ、と叫んだ直後、目の前が真っ白になり、丸太にでも殴りつけられたような衝撃を受けた。

そのあとは、なにがどうなったのかわからなかった。

近くでどさりという音がしたような気がしたが、それがなにかということを考える間もなかった。

郷之助の意識は、一気に闇に引きずり込まれたのである。

目を覚ましたとき、郷之助は布団に寝ていた。

母が枕元に座しており、気がかりそうに郷之助を見ていた。泣き腫《は》らしたような目をしていた。

俺はきっと母上に心配をかけることをしでかしたのだろうな、と郷之助は母を見つめて思った。

「母上、いったいなにがあったのですか」

顔を上げて郷之助は母親にきいた。その途端、頭にずきんと痛みが走った。

「郷之助、無理をせぬほうが……」

母親が、まだ寝ていなさい、と優しくいった。

目をつぶったが、頭の痛みはなかなか引かなかった。

その痛みのせいか、なにが起きたのか、郷之助は唐突に思い出した。

「母上、雷が落ちてきました……。それがしは雷に打たれたのですね」

雷に打たれてからすでにだいぶ時が経過したのか、雷の音はおろか、雨音も聞こえてこない。

「ええ、その通りです。三刻ほど前、あなたは雷に打たれました」

俺は三刻も寝ていたのか、と郷之助は思った。次の瞬間、はっ、としてすぐさま母親にただした。

「兄上は、兄上はどうされました」

母親が膝の上の拳をぎゅっと握り締め、目に新たな悲しみの色をたたえたのを見て、なにが起きたのか郷之助は覚った。

いずれ郷之助の耳にも入ることなのだから、というように母親が口を開いた。

「恭太郎は亡くなりました。あなたと並ぶようにして地面に横たわっておりました」

どさりという音が、郷之助の中でよみがえってきた。

――あれは、兄上が松から落ちた音だったのか……。

そのことに思い当たり、郷之助の中で悲しみが一気にふくらんだ。

「まことに兄上は、亡くなってしまったのですか」

信じることなどできようはずもなく、郷之助は母親にきいた。

なにもいわず、母親は深い悲しみを宿した瞳で郷之助をじっと見ているだけだ。

本当に死んでしまったのだ、と母親のその瞳を見て郷之助は思い知ることになった。

その後、郷之助は急速に快復し、雷に打たれた翌日の朝には起き上がれるようになった。頭の痛みもすっかり消えていた。

母から聞いたところによると、この日は恭太郎の葬儀が執り行われることになっていた。

郷之助は、最後の別れを告げようと、恭太郎が寝かされている座敷に向かった。

襖の開け放たれた座敷に入ろうとして、すぐに思いとどまった。

そこには先客がいたのだ。

こちらに背中を向けて恭太郎の遺骸のかたわらに端座していたのは、父親だった。

恭太郎の遺骸を前にしてなにごとかつぶやき、涙をこぼしているようだった。

郷之助は、息子を失った父親の愁嘆場など見たくはなく、いったん引き上げようとした。

正直なところ、恭太郎ばかりをかわいがる父親とは、郷之助は反《そ》りが合わなかった。

もっとも、父親の気持ちはわからないでもなかった。忍びの一派である川目家の家督を継いだ兄は番頭としての役目を立派に果たしていたからだ。

郷之助にとっても、恭太郎は自慢の兄だった。恭太郎が健在でいる限り、ずっと部屋住《へやずみ》のままでもよいとさえ考えていた。どこかに養子に入るつもりもなかった。

静かに踵《きびす》を返し、郷之助が自分の部屋に戻ろうとしたとき、父親のつぶやきがかすかに聞こえてきた。

父親がなにをいったのか、まるでそこだけ抜き取ったかのように明瞭に伝わってきた。

その場で足を止めた郷之助は、振り返って父親の背中を我知らずにらみつけていた。

それがきさまの本音か、と腹が煮えてならなかった。

「なにゆえ、逆にならなかったのか……」

まちがいなく父親は、そうつぶやいたのである。

父親の言葉の意味するところは、一つしかなかった。

斬り殺してやる。

腰の脇差に手を当て、郷之助は本気で考えた。

だが、そんな真似はできなかった。

兄が不慮の死を遂げたということは、川目家の家督を継ぐのは自分しかいないことに、思いが至ったからだ。

もし父親を斬り殺すような真似をしたら、川目家はまちがいなく取り潰しになろう。

この俺が川目家を継ぎ、つつがなく存続させなければならぬ。

それが死んだ兄に対するせめてもの供養になるはずだ、とも思った。

父親の背中をねめつけつつ、どんなことがあろうとも決して揺らぐことのない決意を、郷之助は心密《こころひそ》かにかためたのである。


はっ、として郷之助は目を開けた。

――いま俺は眠っていたのだな。

徹宵《てっしょう》したせいで、どうにもならない眠気に襲われたのである。

夢を見ていたような気もするが、正直、定かではない。

夢はたいていその中身を忘れてしまうのだ。

――父上が出てきたような気もするが、俺の夢にあの男が出てくるものなのか。

障子の向こうから近づく足音に郷之助は気づいた。

その足音で、目が覚めたようだ。

そちらに目をやると、廊下に面した障子に二つの人影が映り込んだところだった。

それでいま自分がどこにいるか、郷之助は思い出した。

松平《まつだいら》庸春《つねはる》屋敷の対面の間だ。

――ようやく来たか。

あまりに待ちくたびれたせいで、端座したまま不覚にもうつらうつらしてしまったのであろう。

――こうして目が覚めたのは僥倖《ぎょうこう》だ。

両目をごしごしとこすってから、郷之助は居住まいを正した。

「失礼いたします」

庸春の家士の声がかかり、障子がするすると開いた。

一人の男がずいと入ってきた。

松平庸春その人である。

庸春の姿を見て、郷之助は平伏した。

障子を閉め、家士は廊下を下がっていった。

庸春は部屋を横切り、一段上がった畳の上であぐらをかいた。すぐさま、疲れたように脇息《きょうそく》にもたれかかる。

「郷之助、よく来た」

庸春が鷹揚《おうよう》に語りかけてきた。

「お呼びとうかがいましたので、まかり越しました」

いま郷之助は庸春と一対一である。

「話というのはほかでもない」

郷之助に鋭い眼差しを当て、庸春が身を乗り出してきた。

「八重のことだ」

「はっ」

畳に再び両手をついて、郷之助はかしこまった。

「郷之助、居どころはわかったか」

「いえ、まだはっきりとはしておりませぬ」

ごまかすことなく郷之助は答えた。

むう、とうなり声を上げた庸春の目に怒りの色が宿る。

「なにゆえはっきりとせぬのだ」

語気荒く問うてきた。

「申し訳ございませぬ」

郷之助としては、ここは頭を下げるしかなかった。

「郷之助、うぬはいったいなにをしておるのだ。八重は、新発田屋敷か新発田家下屋敷のどちらかにいるとしか、考えられぬ。たった二つの屋敷も調べきれぬのか。まことに川目家は忍びの家筋なのか」

「はっ、それはまちがいありませぬ」

「忍びの家筋ならそれらしく、さっさと調べ上げるのだ。どちらの屋敷にいるかわかったら、すぐに襲撃し、八重を亡き者にせよ」

「はっ、わかっております」

「まことにわかっておるのかっ」

怒鳴りつけるように庸春がいった。

「うぬがなすべきことは八重の居どころをつかむこと。郷之助、いったいそれに何日かかっておるのだ」

憤懣《ふんまん》やるかたないというように庸春が大きく息をついた。

「八重が城から連れ去られて、今日で何日たったか、わかっておるのか」

「よくわかっております。ちょうど一月になろうとしております」

苦々《にがにが》しげな顔で庸春がうなずいた。

「その通りだ」

「この一月、うぬはろくな働きをしておらぬ。手をこまねいていたも同然だ」

それについては反論できない。庸春の言葉が正しいのだ。

——愚かな配下を持つと、こうして上役が苦労しなければならぬ。くそう、なにゆえ俺が罵倒されなければならぬのだ。

郷之助はだんだん腹が立ってきた。

「郷之助、八重の子がいつ生まれるか、うぬはわかっておるのか」

息を入れ、郷之助は気持ちを静めた。

「あと二月《ふたつき》ほどにございましょうか」

「そうだ。あと二月もすれば、子が生まれてくる。女子《おなご》ならまだしも、男の子《おのこ》が生まれてきたら、目も当てられぬ。兄上が病で昏睡《こんすい》している今こそが好機。わかったか、郷之助」

庸春が念を押した。

「必ずや、し遂げてご覧に入れます」

「頼むぞ、郷之助」

庸春が今度は懇願してきた。

「はっ、承知いたしました」

郷之助は畳に両手をついた。

——脅したりすかしたり忙しいものよ。しかし俺はなにゆえ、こんな思慮の足りぬ凡庸《ぼんよう》な男に使われておるのだ。

答えは一つである。

庸春の甘言《かんげん》に乗ってしまったからだ。

その伝《でん》でいえば、と郷之助は自嘲気味に思った。

――この俺も思慮が足りぬ愚か者ということになる。

廊下を踏みならす荒い足音が遠去かっていく。不意に立ち上がった庸春が部屋を退出したのだ。

畳の目をにらみつけたまま、郷之助は足音が聞こえなくなるまで、その場をじっと動かずにいた。

二

音羽町三丁目に入った。

自然と足取りは軽くなる。

大通りを折れた佐之助は、一本の路地に足を踏み入れた。

昼餉《ひるげ》の支度でもしているのか、どこからか味噌汁のにおいがしてきている。

――いや、この味噌汁のにおいは……。

路地の突き当たりに、わが家が見えてきた。味噌汁のにおいが濃くなってきている。

まちがいないな、と佐之助は確信した。

──千勢が今朝の味噌汁を温め直しているのであろう。

千勢が手作りしている味噌のにおいを、佐之助がまちがうはずがないのだ。

路地の突き当たりは生垣《いけがき》になっている。生垣を回り込むように進むと、枝折戸《しおりど》が設けられている。

それを開け、佐之助は草花が咲いているこぢんまりとした庭に入り込んだ。

庭に面した障子は、すべて閉め切られている。千勢が一人しかいない今、それも当たり前のことだろう。

足早に庭を突っ切った佐之助は沓脱石で雪駄を脱いだ。濡縁に立ち、中に向かって声をかける。

「千勢──」

すぐに、はい、と応《いら》えがあり、障子が音もなく開いた。味噌汁のにおいがふんわりと漂い、佐之助の鼻を撫でる。

「あなたさま──」

目の前に立つ佐之助を見て千勢がほほえむ。

ずいぶん柔らかな笑みを浮かべるものだな、と佐之助はほほえましく思った。

以前の千勢は、つり上がった目をしていたこともある。その頃と比べたら、まさしく別人といってよい。

——この穏やかな表情こそが、千勢の生まれながらの気質であろう。

佐之助はそう確信している。

「あなたさまがお帰りになったということは、やはりこれから雄哲先生を捜しに行かれるのですね」

小首をかしげて千勢がきいてきた。

「うむ、そうだ。川越に行くことになった」

「品川ではなく川越でございますか」

「品川へは樺山らに行ってもらうことになったからな」

今朝、家を出る前に佐之助は、雄哲を捜すため今日のうちに品川に行くかもしれぬと告げてあった。

「川越となれば、旅支度をせねばならぬが」

千勢を見つめて佐之助はたずねた。

「あなたさま、旅支度はもう済んでおります」

少し胸を張り、千勢が誇らしげに答えた。千勢は、探索が品川から東海道にまで及ぶことも考えていたらしい。

「そうだったのか。さすがは我が女房だ」

千勢がにこにこと笑んだ。

「主人の世話を女房がするのは当たり前のこと。それが喜びでもありますから」

「それはうれしい言葉だな」

「あなたさま――」

千勢がにっこりと笑いかけてきた。

「どうぞ、お入りになってください」

「あ、ああ、そうだな」

千勢に見とれて、佐之助は敷居際で立ちっぱなしになっていた。

居間に足を踏み入れ、後ろ手に障子を閉める。大刀を鞘ごと腰から抜き取り、千勢に渡した。

受け取った千勢が刀を刀架《とうか》にかける。

それにしても、と佐之助は思った。

――俺はまことに千勢に惚れておるのだな。

以前、佐之助は千勢に命を狙われたこともある。
四、五年も前のことだ。殺し屋を生業《なりわい》としていた佐之助が駿州沼里城下で闇討ちした藤村円四郎《ふじむらえんしろう》は、千勢の想い人だった。

当時、千勢は湯瀬直之進の妻であったが、円四郎の仇討ちを決意した。そして、円四郎を殺した殺し屋を追い、一人、沼里を出奔《しゅっぽん》して江戸に出てきたのだ。

やがて佐之助は、円四郎の仇として千勢に付け狙われることになった。

その後さまざまなことがあり、佐之助は直之進と別れた千勢を妻として迎えるに至った。千勢が女中として働いていた料亭の料永《りょうえい》の一人娘だったお咲希《さき》も引き取り、我が娘とした。

千勢やお咲希と暮らしはじめたときは音羽町四丁目の甚右衛門店《じんえもんだな》という長屋に住んでいたが、今は一軒家を買い、相変わらず仲むつまじい生活をしている。

直之進は直之進で千勢と離縁したのち、江戸でずっと世話になっていた口入屋米田屋の娘おきくと一緒になった。

それにしても、と佐之助は思う。まさか千勢を妻にする日がくるとは、殺し屋をしていた頃は夢にも思わなかった。

佐之助にとって、人の縁《えにし》の不思議さをつくづくと感じさせられる出来事の連続だった。

「あなたさま、お昼はどうされますか」

佐之助をじっと見て千勢がきいてきた。

「昼餉か。すぐに支度はできるのか」

「はい、できます」

真顔で千勢が請け合った。

「千勢、味噌汁の温め直しも済んでいるようだな」

ふふ、と千勢が若い娘のように笑った。

「よくおわかりですね」

そのわけを佐之助は語った。

「ああ、さようでしたか」

佐之助の言葉を聞いて、千勢が納得したような顔になった。

「さすがにあなたさまです。味噌のにおいを嗅ぎ分けるなんて……」

「昔から鼻は利くほうだ。支度ができているのなら、昼餉は食べていくことにしようか」

「承知いたしました。ではあなたさま、こちらで待っていてください」

うむ、と佐之助は顎を引き、畳の上に座した。佐之助にうなずきかけてから、千勢が居間を出ていく。

かまどのついた台所は居間の隣にある。前の長屋の台所とは、比べものにならない広さである。この家に引っ越してきてから、千勢は包丁を握ることがさらに楽しくなってきたようだ。

——広い家に越した甲斐があったというものだ。

佐之助は、ふと居間の隅に目をやった。そこには藍色の縫い物が置いてあった。

——道着か。

どうやら昼餉の支度にかかる前に、千勢は道着を縫っていたようだ。

——もうじきできあがりそうだな。あれを着て稽古をするのが楽しみだ。

そんなことを佐之助が考えていると、千勢が膳を捧げ持つようにして戻ってきた。

「お待たせしました」

佐之助にほほえみかけて千勢が膳を置く。

「いや、千勢、まったく待っておらぬぞ。やけに早かったな」

「ええ、実は——」

佐之助の前に端座した千勢が、いたずらっ子のような顔つきになった。

「あなたさまが、そろそろお戻りになるのではないかと思い、ちょうど昼餉の支度にかかっていたのです」

「ほう、そうだったのか」

「はい。もしあなたさまが戻らなかったとしても、用意した食事は、私がいただけば済みますから。──ああ、ただいまご飯を持ってきます」

立ち上がった千勢が居間を出ていった。

「こいつはうまそうだな」

主菜は、鮭の切り身を焼いたものだ。それに梅干しとたくあん、海苔《のり》の佃《つくだ》煮《に》、豆腐の味噌汁という献立《こんだて》である。

今朝の主菜は納豆だったから、この鮭の切り身は佐之助が出かけたのちに、千勢が購《あがな》ったものであろう。

──俺のために買ってきてくれたのだな。

その心遣いが佐之助はうれしかった。

櫃《ひつ》を抱えた千勢が居間に戻り、佐之助の向かいに座す。

しゃもじを使って千勢が飯を茶碗によそった。

「どうぞ、お召し上がりください」

佐之助は茶碗を受け取った。目をみはる。

「これはまたずいぶん大盛りだな」

「川越まで行かれるのでしたら、たくさんお召し上がりになったほうがよろしいでしょう」

「うむ、その通りだな。川越まで十里はあろうからな」

さっそく佐之助は鮭の切り身に箸《はし》を伸ばした。

鮭は塩がよく利いている上に、焼き加減が絶妙である。

じっくり咀嚼《そしゃく》すると、旨みと脂《あぶら》が同時ににじみ出てきて、のみ込むのがもったいないほどだ。

焼鮭と飯との相性は素晴らしく、これ以上の組み合わせはないのではないかとすら思えた。

海苔の佃煮も、塩辛いだけでなくほどよい甘みがあって、飯とよく合った。

だしがよく利いている味噌汁もこくがあり、しみじみとうまかった。このうまさはこの国に生まれぬとわからぬのではないか、と佐之助は思った。

結局、佐之助は大盛り飯を三杯も食べた。すっかり腹がくちくなる。

千勢がいれてくれた茶を喫した。

茶の苦みと甘みが口の中を洗い流してくれるような気がする。我知らず佐之助は吐息を漏らした。

「千勢、とてもうまかった。俺は幸せ者だ」

自然にそんな言葉が口をついて出た。このままずっと千勢と一緒にいたかった。

だが、そういうわけにはいかない。

浅草花川戸《あさくさはなかわど》そばの船着場で、古笹屋民之助と待ち合わせをしているのだ。遅れるわけにはいかない。

——よし、行くか。いつまでも幸せに浸っているわけにはいかぬ。

体に力を込めて、佐之助は一気に立ち上がった。千勢の介添えで旅装に着替える。刀架の刀を手に取り、腰に差した。

「あなたさま、お帰りはいつですか」

真剣な顔で千勢がきいてきた。

「お咲希にも、あなたさまが川越に行ったことを伝えておかねばなりませぬ」

「その通りだな」

すぐさま佐之助は思案をはじめた。

「川越までの往復にそれぞれ一日ずつ取られるだろうな。川越には逗留することになるであろうが、せいぜい三日ほどであろう」

佐之助は言葉を切った。

「いや、今日、出立するといっても今日中に川越に着くことは叶わぬ。途中、どこかの宿場で一泊することになろう。となると、俺が帰ってくるのは、六日後か……」

もう少し早く帰れればよいのだが、と佐之助は思った。

だが、やはりこのくらいの日数はどうしてもかかってしまうだろう。

「六日ですか。長いですね」

うつむきながら千勢がいった。

「うむ、確かに長いな」

寂しさがこみ上げてくるのを、佐之助は感じた。

「お咲希も寂しがりましょう」

お咲希のことを考えたら、佐之助は胸が詰まった。六日もお咲希の顔を見られないのは、かなり辛い。

「でも、六日なんてたってしまえばすぐです」

佐之助と自分を元気づけるように千勢がいった。

「まあ、そうだな」

微笑を浮かべて佐之助はうなずいた。

「お咲希だが、昼に戻ってこぬのだな」

両肩を上下させてしゃんとした佐之助は、千勢に確かめた。

「お咲希は、手《て》習所《ならいじょ》にお弁当を持って行きましたので」

昼餉をとりに家へ戻ってくる手習子もいるらしいが、お咲希は仲のよい女の子たちと一緒に弁当を食べるのが楽しいようで、昼餉のために家へ戻ってくることは、まずないのだ。

道場の師範代という職を得た佐之助が秀士館内の家に移り住まず、音羽町三丁目に家を買ったのも、友垣と別れたくないとお咲希がいったからである。

「あなたさま、お咲希に会いに行かれますか」

千勢にきかれ、佐之助は首肯した。

「声をかけるつもりはないが、一目だけでもお咲希の顔を見てから川越に向かおうかと思ってな」

「是非そうなされませ」

千勢が強い口調で勧めてきた。

佐之助は千勢が用意してくれた振り分け荷物を持ち上げ、二つの行李《こうり》を結ぶ紐《ひも》を左肩にかけた。

こうすると、二つの小さな行李が肩の前後に振り分けられるのだ。

「千勢、では行ってまいる」

軽く息をついて佐之助はいった。

「道中、お気をつけくださいませ」

「なにが起きるかわからぬゆえ、決して油断せぬ」

だが、すぐには千勢から離れがたく、佐之助はその場にしばらく立っていた。

一歩、二歩と近づいて両手を伸ばすと、千勢が佐之助の胸にしなだれかかってきた。

「ああ、幸せです」

目を閉じているらしい千勢が、つぶやくようにいった。

「あなたさまの胸に顔を預けていると、とても気持ちがよくて、うっとりします」

「俺もこうしていると、千勢からよい気をもらっているようで、元気が出てくる」

佐之助はなにもいわず千勢と抱き合っていた。それから千勢のおとがいをそっと持ち上げ、花弁のような唇を吸った。

ああ、と千勢が切なそうな声を上げる。

その声を聞いて佐之助は千勢を押し倒したい衝動に駆られたが、もしそんなことをしたら、本当に遅刻してしまうだろう。

腹に気合を込めることで、佐之助は千勢からなんとか唇を離した。

「では千勢、行ってまいる」

潤んだような瞳をしている千勢に改めて告げて、佐之助はさっと裁着袴《たつつけばかま》の前を払った。障子を開けて濡縁に出、沓脱石で雪駄を履く。

――そうか、船で行くにせよ、多少は歩かねばなるまい。草鞋を手に入れねばならぬな。

草鞋など、どこにでも売っている。浅草に行く道すがら、きっと買うことができるだろう。

庭に下りた佐之助は、居間の敷居際に端座している千勢に目を当てた。

「あなたさま、行ってらっしゃいませ」

両手をついて千勢がこうべを垂れた。

「行ってまいる」

右手を軽く振って、佐之助は千勢に別れを告げた。

千勢が遠慮がちに手を振り返してくる。その仕草がかわいらしい。

──いつまでも歳を取らぬおなごだ。

微笑を漏らしつつ佐之助は枝折戸を開け、路地に出た。

歩き出す前にちらりと振り返ってみると、千勢が沓脱石の草履を履いているところだった。どうやら枝折戸のところまで来て、そこから佐之助を見送る気でいるようだ。

佐之助はそんな千勢がかわいくてならない。

息を入れて、路地を歩きはじめる。もう味噌汁のにおいは漂っていない。透き通るような秋らしい風が吹き込んでくる路地を、佐之助はゆっくりと歩いた。

だが、あっけないほど早く大通りに出てしまう。立ち止まり、佐之助は振り向いた。

生垣の前に千勢が立ち、こちらを見つめていた。目が合ったのを佐之助は感じ、また手を振った。

背伸びをするように千勢が振り返してくる。

再び歩き出した佐之助は路地を出た。千勢の姿が見えなくなった。

――なに、六日後にはまた会える。

千勢と別れるのは寂しくてならなかったが、雄哲を捜すためだ。我慢しなければならない。

腹に力を込めて、佐之助は音羽町五丁目に足を向けた。

五丁目のやや奥まった静かな場所に、お咲希の通う手習所がある。

羽音堂《はおとどう》といい、天神机《てんじんづくえ》が並ぶ三十畳ほどの教場があるのを佐之助は知っている。

狭い道に立って、垣根越しに羽音堂をのぞいた。

今日は天気がよく、涼しい風が吹いていることもあるのか、庭に面した障子がすべて開け放たれている。

大勢の手習子が、天神机の前にかしこまって座っているのが見えた。

もう昼休みは終わり、すでに午後の手習がはじまっているようだ。

羽音堂の手習子はほとんどが女の子で、男の子はほんの数人しかいない。学問より女の子の躾《しつけ》のほうに重きを置いている手習所と佐之助は聞いている。

お咲希の姿は、捜すまでもなかった。濡縁そばの天神机の前に、ちょこんと座っているのが見えたのだ。

顔を前に向けたお咲希は、一所懸命に手習師匠の話を聞いている様子である。

佐之助は真剣な横顔を見つめた。

いとおしさがこみ上げてくる。

――どんなことがあろうと、俺はお咲希を守ってみせる。むろん千勢もだ。守るべき者がいるのは幸せなことなのだな、と佐之助は感じた。

――これこそ、生き甲斐というものなのだろう。

佐之助は目が潤みそうになった。お咲希、と心で呼びかける。

――俺の娘になってくれて、心から感謝する。よく俺のもとに来てくれたな。お咲希、行ってくる。無事を祈っていてくれ。

心でお咲希に別れを告げ、佐之助は踵を返した。浅草に向かって歩き出す。

三

徐々に人が増えてきた。

賑《にぎ》わいがさらに増していく。

道の両側がほとんど客商売の店になったと思ったら、佐之助は浅草に着いていた。

やはり江戸でも屈指の繁華街だけに、殷賑《いんしん》を極めているといってよい。

この人の多さには、同じ江戸に住んでいる者としても目をみはるものがある。

──江戸に初めて出てきた在所の者がこの賑わいを目の当たりにしたら、今日は祭りかと思うのではないか。

浅草の通りは、それほどの人波でごった返している。

ふと、なにか醤油で煮ているらしいにおいが漂ってきた。

──これはなんだ。

佐之助は鼻をくんくんさせた。

どうやら魚を煮込んでいるにおいのようだ。

驚いたことに、このにおいに誘われたのか、腹の虫が鳴った。

――千勢に食べさせてもらった昼餉は、いったいどこに行ってしまったのだ。こんなにもすぐに腹が空くなど、俺の胃の腑はどうかしているのではないか、と佐之助は自分にあきれた。

むろん、こらえきれないほどの空腹ではない。このくらいなら、あと一刻以上は楽に耐えられるだろう。

空腹のことは忘れて、佐之助は浅草花川戸そばの船着場を目指して足早に歩いた。

やがて船着場に到着した。

いくつもの米俵などがうずたかく積まれ、大勢の人足たちが忙しそうに行き交っている。

ときおり、なにしてやがんだっ、この馬鹿野郎っ、という怒号も聞こえてくる。船着場だけあって、気の荒い男たちが多いようだ。

「ああ、倉田さま、お待ちしておりました」

約束通り、古笹屋民之助が船着場の前に立っていた。佐之助の姿を目にするや、振り分け荷物を揺らして、うれしそうに駆け寄ってきた。

「倉田さま、お疲れさまでございます」

足を止めて民之助が丁寧に辞儀する。

「いや、おぬしこそ足労だったな。古笹屋、待たせたか」

「いえ、とんでもない。待ってなどおりませんよ」

「それならよいのだが」

「倉田さま、どうかされましたか。少しお元気がないように見えますが……」

まさか腹が減ったことを見抜かれるとは思っておらず、佐之助は少しばかり驚いた。

「実はな……」

佐之助は偽りなくいった。我ながら情けないことをいっておるなと思ったが、こればかりはしようがない。

「ああ、さようでしたか。倉田さまは、昼餉を食さずにこちらにいらしたのですね」

「いや、そうではない。妻のつくったものをたっぷりと食べてきたのだが、どういうわけか、また腹が空いてしまった」

「さようですか。きっとそういう日もあるのでございますよ」

元気づけるように民之助がいった。

「旅立つ前に空腹では辛いですから、どこかで腹ごしらえをいたしましょう。浅草には、食べ物屋はいくらでもございますし」

「古笹屋は食べてきたのではないか」

「いえ、実は手前はまだなのですよ。ちょっとやらなければならないことがございましてね。倉田さまは、なにか召し上がりたいものがございますか」

「いや、俺はなんでもよい。それに、浅草のことはろくに知らぬ。もしおぬしがよく足を運ぶような飯屋があれば、そこでよい」

「でしたら、おいしい天ぷらを食べさせる店がありますが、そちらでよろしいですか」

「天ぷらか。好物だ」

「店は、すぐそこですよ。では、僭越《せんえつ》ながら案内させていただきます」

一礼した民之助が、遠慮がちに佐之助の先導をはじめる。

「天ぷらというと、俺は屋台しか知らぬのだが、今から行くところは店を構えているのか」

前を行く背中に佐之助は問いをぶつけた。

「ええ、その通りです」

佐之助を振り返って民之助が答えた。

「店を構えて、もうけっこう古いらしいですよ。かれこれ三十年になるという話です。先代はもうとうに亡くなってしまったらしいんですが」

広い通りを半町ばかり歩き、路地を二つ曲がったところで民之助が足を止めた。

「こちらですよ」

佐之助の前に、茶色の暖簾《のれん》が揺れている。てんぷら、と平仮名で白抜かれていた。

二階建てだが、あまり大きな店ではない。二十人も入れば、一杯になるのではないか。

建物の横に張り出している看板には居刻屋《いこくや》とあった。

「店の名は『いこくや』でよいのか」

「おっしゃる通りでございます。店名は先代がつけたと聞いておりますが、由来を話さぬまま亡くなってしまったらしく、どういう意味か店の者にもわからぬそうでございます。では倉田さま、入りましょう」

足を踏み出した民之助が暖簾を払い、障子戸を開けた。途端に、醤油の甘いにおいが漂い出てきた。

民之助に続いて、佐之助も店内に足を踏み入れた。

通路のような土間の両側に、小上がりが二つあった。

二つの小上がりにはそれぞれ四人組の先客がおり、笑顔で天丼を食べていた。

「二階へどうぞ」

小女《こおんな》にいわれ、土間で履物を脱いだ佐之助たちは狭くて急な階段を上がった。

振り分け荷物があるせいで、上がるのに民之助が少し手間取った。佐之助はむろん、そんなことはなかった。

二階は八畳の一間だけで、三人の男が奥のほうにかたまって座していた。天ぷらはまだきていないようで、三人は雑談しながら時を潰している様子だ。

佐之助たちも八畳間に入り、入口そばに座った。振り分け荷物をかたわらに置く。

小女がすぐに茶を持ってきてくれた。

「天丼を二つ、お願いします」

丁寧な口調で民之助が小女に注文する。

「ありがとうございます。二つですね」

明るい声音でいって、小女が八畳間を出ていく。

とんとんとん、と軽やかに階段を下りていく足音が佐之助の耳に届いた。

「ここは天井しかないのですよ」

「ああ、そうなのか」

湯飲みを手にした佐之助は、さっそく茶を喫した。

さして味のない茶で、しかもぬるかったが、渇いた喉にはむしろありがたく、音を立てて飲んだ。

「ところで、倉田さまはご存じでしたか」

茶を一口だけすすった民之助が、いきなりきいてきた。

「うん、なにをだ」

空になった湯飲みを茶托に置いて、佐之助は顔を上げた。

「花川戸の船着場から川越に行く川船はないということでございます」

なに、とこれには佐之助のほうが驚いた。

「古笹屋、おぬしはそのことを今まで知らなかったのか」

「はい、存じませんでした」

別に恥ずかしがることもなく民之助が答えた。

「俺は知っていた。荷船はあっても客を乗せる船はないとか」

「はい、確かに」

「古笹屋は、何度も川越に行ったことがあるのだろう。いつもはどうしていたのだ」

「はい、陸路を使っておりました。川越街道四番目の宿場、白子宿《しらこ》にいつも泊まっていたのですよ」

「泊まるのは、必ず白子宿と決めておったのか」

「さようでございます」

腕組みをして佐之助は民之助を見つめた。

「なにゆえ白子宿なのだ。馴染《なじ》みの飯盛女《めしもりおんな》でもいるのか」

「いえ、そういうわけではございません」

にこにこと笑って民之助が否定する。

「実は、白子宿には酒蔵がいくつかございまして、酒蔵が営んでいる旅籠《はたご》もございます。その手の旅籠に泊まると、そこでしか飲めないお酒が出てくるのです。それがまたたまらぬおいしさでして、一度飲むと、癖になるのでございますよ」

舌なめずりするように民之助がいった。

「ほう、酒か」

「倉田さまはお好きではありませんか」

「嫌いではないが、さほど飲まぬ。しかしそれほどうまい酒なら、さすがに惹かれるな」

「もし今宵、白子宿に泊まることになったら、お試しになったらいかがでございますか」

「それもよいな。ならば、今日は白子宿に泊まろうではないか。川越まで急げば一日とはいえ、せっかくの旅だ。少しくらいの贅沢もまた旅の醍醐味というものよ」

「ありがとうございます」

民之助が頭を下げる。

「そういえば、以前の湯瀬さまはだいぶお酒を飲まれたそうですが、今はもう断酒されていらっしゃいますね」

いきなり話題が直之進に飛んだ。

湯瀬か、と佐之助は直之進の面影を脳裏に思い浮かべた。

――やつはとてもよい男だ。今にして思えば、あの男と命を賭《と》して真剣で戦ったことなど、幻だったとしか思えぬ。

しかし、この上なくすさまじかったあの戦いは、紛れもなくうつつのことなのだ。

――あのとき俺は、やつに深手を負わされた。だが、こうして生きている。とにかく、互いに死なずに済んだのは幸いだった……。

もしどちらかが死んでいたら、残された者にどんな運命が待っていたのだろうか。

――いや、この世に偶然などない。そうである以上、いま俺たちが生きているこの人生こそが運命なのだ。

最初からどちらも生かされるという運命が、天によって用意されていたにちがいない。

目を上げて、佐之助は民之助を見やった。

「酒はなかなかやめられぬというが、湯瀬はよくやめたものだ。俺は、湯瀬の意志の強さを褒めてやってもよいと思っておる」

「ということは、これまで、お酒をやめた湯瀬さまを褒めたことはないのでございますか」

「一度もない。あの男を褒めるのは照れくさいゆえ」

ふふ、と楽しそうに民之助が笑った。

「照れくさいなどとおっしゃらず、褒めたらいかがでございますか。きっと湯瀬さまはお喜びになりますよ」

「まあ、そのうちだな」

階段を上る足音が聞こえ、小女が盆にのせた天丼を三人組の先客のもとに持ってきた。それを見て、男たちが幼子のように歓声を上げる。

そちらをちらりと見やって、佐之助はすぐに顔を戻した。

「おぬしが川越行きの川船がないのを知らなかったのは、いつも陸路を使っていたせいだというたな」

「はい、おっしゃる通りでございます」

うなずいて民之助が認めた。

「しかし倉田さま、ご承知の通り、浅草花川戸そばの船着場から川越へ行く荷船がございます。その中には、金さえ弾めば乗せてくれる荷船もあるようでございますよ」

「ほう、金次第というわけか。雄哲先生は何度も川越に行っているとのことだったな。だとすれば、浅草から川越に行くのに、荷船に乗って行けることも知っていたかもしれぬ」

「はい、おっしゃる通りです」

我が意を得たりとばかりに民之助が大きくうなずいた。

「手前は雄哲先生が船で川越に向かわれたのではないかと思い、倉田さまがいらっしゃるよりも前に、花川戸そばの船着場の周辺を聞き込んでみたのでございます」

「それがおぬしが先ほどいった、ちょっとやらなければならないことというわけか」

「その通りにございます」

うれしげに目を細めて民之助がいった。

「手前は早めにこちらに来て、雄哲先生らしいお方が川越行きの船に乗り込んだところを見た者がいないか、調べてみたのでございます」

「結果はどうであった」

残念そうに民之助が首を横に振る。

「見つけられませんでした……」

「実際、雄哲先生が荷船に乗り込んだかどうかはわからぬ。それを仮に見た者がいるとしても、その者に巡り合うこと自体、かなり難しかろう」

「見ていた人を見つけられなかったのは、手前の聞き込みが甘く、話をうまく引き出せなかったからかもしれません。しかも、便乗させてくれる荷船も、今日はありませんでした」

「いや、古笹屋、気に病む必要はない。雄哲先生は川越でなく、まことに品川に行ったかもしれぬのだ。仮に川越へ行ったにしろ、陸路を取ったのかもしれぬ。俺たちも歩こうではないか」

　そのときまた、階段を上がってくる足音が佐之助の耳に届いた。

「お待たせいたしました」

　小女がやってきて、佐之助たちの前に二つの丼をのせた盆を置いた。わかめの味噌汁に漬物の小皿もついている。天井には蓋がのっている。

「どうぞ、ごゆっくり」

　小女が去るのを待たず、佐之助はさっそく蓋を取った。ふわっと湯気が上がった。香ばしいにおいが漂ってきた。

「しかし古笹屋、これはまた黒い天ぷらではないか」

いろいろな魚や海老、蔬菜《そさい》などの天ぷらが山盛りになっていた。

「ちょっとどぎつく見えますが、ごま油でしっかりと揚げた上に、たれ《ヽヽ》に浸しているので、こんな色になるんですよ」

すぐさま民之助が説明する。

「そうか。ではいただくことにしよう」

佐之助は箸を伸ばし、海老の天ぷらを口に持っていった。

「おっ、意外にふんわりしているのだな」

「ええ、おっしゃる通りでございます」

すでに民之助も食べはじめている。

「うむ、こいつはよいな」

食しているうちに、佐之助は箸が止まらなくなった。

「それぞれの素材の味がしっかりしていて、どっしりした旨みが感じられる。天ぷらのたれのしみた飯もうまい」

「ええ、すべての相性がよくて、とてもおいしい天丼ですよ」

天丼自体、飯も大盛りでかなりの量があったが、佐之助たちはあっという間に食べ終えた。

「ふう、うまかった」

「はい、まことおいしゅうございました」

結局、佐之助は一度も丼を手放さないままだった。

丼を盆の上に置き、味噌汁をすすった。少し味噌が薄く感じられたが、この天丼にはちょうどよいかもしれぬ、と佐之助は思った。味噌汁の椀を空にして、ゆっくりと箸を丼の上に置いた。

「お茶をもらいましょうか」

「いや、俺はいらぬ。おぬしがほしいなら、もらえばよい」

「いえ、けっこうでございます。では倉田さま、出ましょうか」

「うむ、そうしよう」

先客の三人組はとうに食べ終えて、八畳間からいなくなっていた。

振り分け荷物を持って、佐之助たちは階段を下りる。

帳場に行くと、先に勘定をしようとしている者がいた。

「倉田さま、ここは手前に奢《おご》らせてください」

民之助がささやきかけてきた。そういうわけにはいかぬ、と思ったが、ここで押し問答するのも野暮な気がする。

「では、甘えさせてもらおう。次は俺が払うゆえ」

民之助をじっと見て佐之助はいった。

「わかりました。ええ、そうしていただきましょう」

暖簾を外に払って佐之助は先に店を出た。店全体を覆う油っ気から抜けられて、さすがにほっとするものがある。

勘定を済ませて民之助が出てきた。

「ああ、おいしかったですね」

「うむ、うまかった。こんなにうまい店をこれまで知らなかったのは、なにか損をしていたような気分だな」

「また一緒に食べにまいりましょう」

「うむ」

顎を引いた佐之助は振り分け荷物を担ぎ直して、足を踏み出した。

佐之助の斜め後ろに民之助がつく。

「古笹屋、俺の前に出たらどうだ。おぬしが道案内ではないか」

「いえ、そういうわけにはまいりません。手前が倉田さまの前を歩くなど、畏れ多いことでございます……」

　無理強いしても仕方ないような気がした。

「まあ、好きにするがよい」

「ありがとうございます」

　歩きながら民之助が深々と腰を折った。

　まずは中山道《なかせんどう》を進んで、板橋宿《いたばししゅく》に出なければならない。

　板橋宿は平尾宿《ひらおしゅく》、中宿《なかしゅく》、上宿《かみしゅく》に分かれているが、そのうちの平尾宿内にある平尾追分《おいわけ》で川越街道に入れば、あとはまっすぐ行くだけである。

　佐之助と民之助の二人は、浅草広小路から不忍池《しのばずのいけ》を目指した。そこから湯島《ゆしま》の切通《きりどお》しを抜けて本郷《ほんごう》に出、駒込《こまごめ》追分から中山道に入る。

「ああ、そうだ」

　中山道を歩きはじめて五町ほど行ったとき、不意に民之助が声を上げた。

「どうした、古笹屋」

　後ろを振り返り、佐之助はきいた。

「今ふと思い出したのですが……」

「うむ、なにかな」

「居刻屋という名の由来です」

「それは、わからぬのではないのか」

「ええ、しかとしたことは、わからないのですがね」

前置きするように民之助がいった。

「今の主人がいっていたのですが、天ぷらというのは昔々、異国から入ってきた料理なのだそうです。つまり、そこから異国という名をもじって、先代のあるじは居刻屋とつけたのではないでしょうか」

言葉を切った民之助がさらに続ける。

「もっとも、なぜ居刻という字を当てたのかは謎なのですが……」

「古笹屋、天ぷらとは、もともとは異国の食べ物だったのか」

佐之助は知らなかった。ええ、と民之助がうなずいた。

「異国から入ってきて以降、いろいろと手が加えられて今の形になったようです」

「では、異国にはあのようにうまい天丼はないのか」

「そのようです」

「異国の者はかわいそうだな」

振り返って佐之助は民之助に語りかけた。

「ええ、まったくでございます」

民之助が真剣な顔で答えた。

それにしても、と佐之助は思った。

――こんなことを大まじめにいうなど、古笹屋民之助はよい男なのだな。大店《おおだな》のあるじにもかかわらず、こうして供もつけずに、自分で振り分け荷物を担いで旅に出る。

うなるほど金がある人物としては、そうそうできることではない。

――古笹屋と一緒ならば、この旅はきっとよいものになるであろう。

足早に歩きながら、佐之助はそんな確信を抱いた。

四

大門の前で立ち止まった。

「ここでしばらく待っていておくれ」

笑みを浮かべて富士太郎は珠吉にいった。

「ええ、わかりやした」

元気よく答える珠吉にうなずきかけてから、富士太郎は南町奉行所の大門を勢いよくくぐった。

石畳を踏んで、母屋を目指す。玄関に入り、雪駄を脱いで式台に上がった。

足早に廊下を歩くと、すぐに与力詰所の前に着いた。

目の前の部屋は、上役の荒俣《あらまた》土岐之助《ときのすけ》の詰所である。与力は同心とは異なり、一人一人に詰所が与えられている。

「荒俣さま――」

障子越しに富士太郎は呼びかけた。

「その声は富士太郎だな。入れ」

中から土岐之助の太い声が返ってきた。

「失礼いたします」

障子に手をかけ、富士太郎は横に滑らせた。

目に映り込んだのは八畳間である。大きな文机の前に、土岐之助が座してこちらを見ていた。

「富士太郎、遠慮するな。入るがよい」

はっ、と答えて富士太郎は敷居を越え、八畳間に足を踏み入れた。

「座れ」

富士太郎は、文机を挟んで土岐之助と向かい合う形で端座した。

「富士太郎、珠吉とともに市中見廻りに行ったのではないのか」

目玉をぎろりと動かして土岐之助がきいてきた。

「はい、実は——」

なにゆえまた町奉行所に戻ってきたか、富士太郎は土岐之助に事情を説明した。

聞き終えた土岐之助が、富士太郎をじっと見る。

「よかろう、品川に行ってまいれ」

「えっ、よろしいのですか」

あまりにあっさりと許しをくれたので、富士太郎はきき返した。

「むろんだ。駄目だといったところで、おぬしのことだ、さっさと品川に行くであろう」

いいえ、といって富士太郎は首を横に振った。

「荒俣さまに止められたら、さすがに行く気がしませぬ」

「いや、おぬしは必ずや行く男だ。見た目は華奢《きゃしゃ》で柔らかな雰囲気をたたえているが、中身は一本、しっかりとした芯が通っている。わしのいうことなど、その気になれば平気で無視するであろう」

「それがしは荒俣さまを敬愛いたしております。その荒俣さまのお言葉を無視するような真似は、決してしないと断言できます」

富士太郎は力んでいった。

ふふ、と土岐之助がいかにも楽しそうに笑った。

「わかった、富士太郎、そういうことにしておこう」

笑みを消し、土岐之助が富士太郎を凝視してきた。

「富士太郎、徹底して調べ、品川で雄哲先生の手がかりをつかんでくるのだ。もし雄哲先生が品川で見つかった場合、必要とあらば、秀士館に連れ帰るがよかろう」

「はっ、承知いたしました」

両手を畳につき、富士太郎は平伏した。

「樺山富士太郎、これより品川に向けて出立いたします」

「うむ、行ってまいれ。ただし富士太郎、今日中に帰ってくるのだぞ」

町奉行所の者は外泊が認められていない。

もっとも、それは旗本、御家人も同じである。いざというとき、将軍を守るために千代田城に駆けつけなければならない。それが幕臣の務めだからだ。

「承知いたしました」

顔を上げて土岐之助を見つめてから、富士太郎はすっくと立ち上がった。一礼して与力の詰所を出る。

障子を静かに閉めて、廊下を歩き出す。玄関まで戻ると、三和土の雪駄を履き、大門に向かった。

「待たせたね」

大門の外で待っていた珠吉に、富士太郎は声をかけた。

「いえ、大して待っちゃおりませんよ」

張りのある声で珠吉が答えた。

それでも富士太郎は珠吉の顔をじっと見た。

――うむ、顔色は悪くないね。いや、むしろつやつやしているよ。これなら、今から品川に行ってもへっちゃらだろうね。

「旦那、今朝も秀士館に行く前にあっしの顔をしげしげと見ていましたが、またですかい」

「当たり前だよ」

力を込めて富士太郎はいった。

「なにしろ、これから品川に行くんだからね。おいらは珠吉に決して無理をさせるつもりはないんだよ」

「その気持ちはありがたいんですが、あっしは大丈夫ですよ」

「わかっちゃいるけど、念のためだよ。これは儀式みたいなものだよ」

「ほんと、毎朝毎朝、これをくぐり抜けないと、働かせてもらえませんからねえ」

ぼやくように珠吉がいった。

「よし、珠吉。品川に向かおうかね」

「ええ、そうしましょう」

「珠吉、先導を頼むよ」

「お任せください」

胸を叩いて珠吉が請け合った。

「よし、行こう」

合図するようにいうと、珠吉が張り切って歩き出した。

その後ろに富士太郎はすぐさまついた。


南町奉行所から北品川までは、二里ほどでしかない。

富士太郎と珠吉は一刻ほどのちには、品川の雑踏の中に身を置いていた。

海がすぐ間近に迫っているせいか、潮の香りがひじょうに濃い。風も勢いよく吹きつけてくる。

品川は道中奉行の管轄でもある。道中奉行は東海道《とうかいどう》や中山道などの主要五街道だけでなく、他の街道も差配している。

宿場町を移転させたり、橋を付け替えたり、道幅を広げたり、旅籠や飛脚を取り締まったり、人馬の賃銀を決めたりすることは、すべて道中奉行の役目であるが、大目付や勘定奉行がその職を兼ねているので、道中奉行所というものがあるわけではない。

「しかし、こいつはすごい賑わいだね」

東海道を歩きつつ、富士太郎は目をみはった。品川にやってきたのは久しぶりだが、自分の記憶以上に大勢の人で賑わっている。

旅人も多いが、品川女郎を目当てに江戸から遊びに来ている町人も少なくないようだ。

東海道沿いにずらりと並んだ旅籠から、酔っ払いの大声や女たちの嬌声《きようせい》が降ってくる。

「おいらが最後に来たときよりも、旅籠が増えているような気がするよ」

「あっしも同じですよ。きっと気がするのではなくて、本当に増えているんですよ」

「それだけ江戸から遊びに来る人が多くて、さばききれなくなったんだろうねえ」

「そういうことでしょうね」

品川には、三千人からの女郎がいるといわれている。

――好きでその道に入った人もいるかもしれないけど、ほとんどの人は家が貧乏で、売られてきたんだろうね。ああ、なんか哀れだよ。おいらにはどうすることもできないんだけど、なんとかしてあげたいねえ。

「旦那、どうかしましたかい」

振り返って珠吉がきいてきた。

「なにか、もじもじしているように見えますけど……」

「もじもじもするさ」

その理由を富士太郎は説明した。

「だから、この品川の賑わいを支えているのは、悲しい女たちなんだよ。なんかおいらはかわいそうでならなくてさ」

「いかにも旦那らしいですねえ」

前を行く珠吉が首を振り振りいった。

「いつかきっと、ここ品川の女たちも幸せになれる日がきますよ」

「それはいつかねえ」

「残念ながら、旦那が生きているあいだは無理じゃありやせんかね」

ということは、と富士太郎は思った。

——じゃあ、これから先もかわいそうな女たちが生み出されるってことかい。

ああ、気が滅入るねえ。

品川に来て、まさかこんな思いにとらわれるとは、富士太郎は夢にも思っていなかった。

「旦那、もうじきですよ」

珠吉が大きな声を上げた。富士太郎は顔を上げ、珠吉の背中を見た。意外にといってはなんだが、六十三という年の割には筋骨が張っており、たくましい。

「この道が正徳寺門前町につながっているはずですよ」

東海道から右に枝分かれしている道を手で示して、珠吉がいった。

「よし、行こう」

富士太郎たちは道を右に折れた。

正徳寺の門前町は狭い。これならば桜庵の診療所は人にきくまでもなくわかるはずだったが、それらしい建物はない。

「この町に桜庵という医者が住んでいるはずなんだけど」

杉の大木の前で赤子をおんぶしている若い女房をつかまえて、富士太郎はたずねた。

「ああ、桜庵先生ですか。よく覚えていますよ。私も小さい頃、よく診てもらいましたからね」

「どこに住んでいるんだい」

「それが……」

活字の国の人だもの。

書き下ろし

【長編時代小説】 本体602円+税 978-4-575-66850-6

書き下ろし

小沢章友

やっかい半次郎 かわら版屋繁盛記

貧乏御家人の次男、衣笠半次郎は、直情径行な性格が災いし奉公先をしくじってばかり。そんな半次郎に口入屋はかわら版の文章書きの仕事を斡旋した。

【長編時代小説】 本体611円+税 978-4-575-66851-3

オリジナル

柏田道夫

猫でござる【一】

双葉文庫初登場

お江戸の猫は知っている。生きる喜び、生きる悲しみ、さだめの苛酷さ、この世の情け——心がモフッと温まる傑作ねこ草紙！

【時代小説】 本体620円+税 978-4-575-66852-0

天祢《あまね》 涼

リーマン、教祖に挑む

寂れた団地で急速に広がる新宗教。教団潰しを命じられたサラリーマンと切れ者教祖の青年二人が、激しい心理戦を繰り広げる！

【長編ミステリー】 本体685円+税 978-4-575-52031-6

西村京太郎

十津川警部 欲望の街 東京

警視庁内で、十津川警部の部下が拳銃自殺をした。自らを責める十津川の姿に、亀井刑事が行動を起こした。

【ミステリー短編集】 本体657円+税 978-4-575-52030-9

9月の新刊

好評発売中！ 双葉文庫

若い女房が目を落とした。

「もう二年になりますか、桜庵先生、亡くなってしまったんです」

「えっ、そうなのかい」

「ええ、なんでも肝の臓が悪かったらしくて。お酒好きな人で、医者のくせに不養生でしてね。江戸から名のある先生に来てもらって診ていただいたりしていたようですけど、結局、駄目だったんですよ」

最後はしんみりとした口調で、若い女房がいった。

「先生はお内儀もいらっしゃらなかったから、診療所を継ぐ人もいなかったんですよ」

診療所だった建物は手が入って改築され、今は人の妾が住んでいるという。

「子守りの最中にすまなかったね」

「いえ、なんでもありません」

「ああ、そうだ、ちょっといいかい。おまえさん、この人を見たことはないかい」

懐から雄哲の人相書を取り出し、富士太郎は若い女房に見せた。この人相書は、富士太郎自ら描いたものである。

人相書を手に取り、若い女房がしげしげと見る。

「前に桜庵先生を診るために診療所に来ていた江戸のお医者に、似ているような気がしますけど……」

まだ若いからということもあるのか、目の前の女房は記憶力がいいようだ。

「ここ半月以内に、この人を見たことはないかい」

「半月以内ですか」

人相書を手にしたまま若い女房が考え込む。

「いえ、見たことはありません」

この若い女房がいうのなら、本当に見たことがないのだろう。

「そうか、ありがとう」

富士太郎がいうと、若い女房が人相書を返してきた。

「もうよろしいですか」

「うん、いいよ。助かったよ」

笑みを浮かべた若い女房が一礼して立ち去っていく。

その姿を見送りつつ、つまり、と富士太郎は思った。

――雄哲先生が品川にいらっしゃったとしても、桜庵さんの見舞いではなかったということだね。

「旦那、どうしやすかい」

富士太郎を見上げて珠吉がきいてきた。

「なんの手がかりも見つけぬまま、荒俣さまのもとには帰れないよ。それに倉田さんからも徹底してやれといわれたからね、ここは聞き込みをするしかないだろうね」

「わかりやした。やりましょう」

きっぱりとした口調で珠吉がいった。

「珠吉、元気がいいね」

「もちろんですよ。空元気なんかじゃありやせんよ」

「よくわかっているよ。珠吉は、若者みたいに力がみなぎっているものね」

富士太郎と珠吉は雄哲の手がかりを求めて聞き込みを開始した。

東海道に軒を連ねる旅籠だけでなく、茶店や焼き貝屋、八百屋《やおや》、魚屋、米屋、書物問屋、呉服屋、酒屋、小間物屋など、さまざまな店に入っては、そこで働いている者たちに雄哲の人相書を見せて回った。

このあたりの住人とおぼしき者たちや、家を普請中の大工にも人相書を見てもらった。

富士太郎と珠吉は、昼食もとらずに聞き込んだ。富士太郎は空腹を忘れていた。おそらく珠吉も同じだろう。

まさに脇目も振らずに動き回り、富士太郎たちは大袈裟でなく百人を超える人に話をきいた。

だが結局、ここ最近、雄哲らしき人物を目にした者には一人もぶつからなかった。

――うん、このことがはっきりしただけでも収穫があったといってよいだろうね。

富士太郎は、品川に雄哲は来ていないという判断を下した。

「珠吉、ちょっとそこに入ろうか」

さすがに疲れを覚え、富士太郎は目の前にある茶店を指さした。

富士太郎たちが今いるのは、海晏寺《かいあんじ》という古刹《こさつ》の門前町である。この町の南側は御林町《おはやしまち》といって朱引《しゆびき》外になる。

海晏寺門前町から先は府外と見なされ、江戸ではないのだ。

「ええ、そうしやしょう」

どこかほっとしたように珠吉がいった。はっとして富士太郎が見ると、珠吉の顔にも疲労の色が濃く浮かんでいるのが知れた。

――こんなに働かせちまって、珠吉にはほんと申し訳ないことをしたよ。

富士太郎たちは茶店に入り、奥の縁台に腰かけた。

いらっしゃいませ、とすぐに寄ってきた小女に富士太郎は茶とみたらし団子《だんご》と饅頭《まんじゅう》を二人前注文した。

待つほどもなく、富士太郎たちのもとに注文の品が運ばれてきた。

「よし、珠吉、いただこう」

富士太郎はすぐさま、みたらし団子に手を伸ばした。先に食べてみせないと、珠吉は遠慮して手を出さないのだ。

「ああ、こいつはおいしいねえ」

心の底から富士太郎はいった。

「外はかりっと焼き上げられて、中はしっとりとした団子だよ。甘みのあるたれがほどよく絡んで、うっとりしちまうねえ。ああ、こいつは絶品だね」

「それはよかったですねえ。では、あっしはこいつからいただきますよ」

珠吉は饅頭を食べはじめた。

「ああ、こっちもうまいですよ」

顔をほころばせて珠吉がいった。

「それはよかったねえ」

富士太郎は茶を喫した。苦みの強い茶で、甘い物を食べたあとだけに、口中がさっぱりした。

団子と饅頭を平らげると、空腹が少しだけ満たされ、ようやく人心地がついた。

湯飲みを手にして富士太郎は珠吉に話しかけた。

「珠吉、雄哲先生は品川に来ていないようだね」

「ええ、それはもうまちがいないですね」

深いうなずきを見せて珠吉が同意する。

「となると、雄哲先生がいらしたのはやっぱり川越なのかねえ」

茶を一口飲んで、富士太郎は湯飲みを茶托に戻した。

「川越は、雄哲先生の助手の一之輔が生まれ育った町ということだったね。この一之輔というのは、いったい何者なのかな」

「こたびの雄哲先生の失踪に関して、鍵を握っているのはまちがいないでしょうね」

　確信のこもった声音で珠吉がいった。

「うん、本当にその通りだね」

　富士太郎も同じ思いである。

「一之輔を見つければ、雄哲先生もきっと見つかるに決まっているよ」

「ええ、そうでやすね」

　湯飲みを空にした珠吉が富士太郎を見る。

「それで旦那、これからどうしやすかい」

　ふう、と富士太郎は吐息を漏らした。

「番所に戻るしかないだろうね」

「雄哲先生につながる手がかりは得られやせんでしたけど、こんなに一所懸命に働きやしたからね、きっと天もそのうちにご褒美をくださいやすよ」

「そのうちか。早いうちにほしいものだね。よし、珠吉、戻るとしようか」

「ええ、そうしやしょう」

　縁台から腰を上げた富士太郎は、うまかったよ、といって小女に代を支払った。

「ありがとうございました」

小女の明るい声に送られて、富士太郎と珠吉は東海道に出た。

日は傾きはじめている。さすがに足が重くなっているが、饅頭とみたらし団子のおかげで少し元気が出てきている。

しかし、弾むような会話ができるほどではなく、富士太郎たちは無言で歩き続けた。

海晏寺門前から五町ばかり北に進むと、南品川宿に入る。その直前、富士太郎たちの前途をふさぐ影があった。

「樺山の旦那――」

いきなり呼びかけてきたのは、見覚えのある男だった。

ねじり鉢巻をし、人のよさそうな笑顔で富士太郎を見つめている。

男からは、木材らしいにおいが漂ってきていた。

そのおかげで、富士太郎は男の名を思い出すことができた。

「おまえさんは大工の止吉《とめきち》だね」

「ええ、よく覚えていてくださいましたね」

富士太郎を見て止吉が破顔する。

「でも、なにゆえおまえさんが品川にいるんだい」

止吉は、秀士館にも出入りしている。腕利きで知られる売れっ子の大工だが、秀士館においてはなんでも屋といっていい。頼めば、気軽になんでも修繕してくれると直之進が頼もしそうにいっていた。

これで打ち止めの子という意味で、止吉と名づけられたと富士太郎は聞いているが、止吉の下には三人の弟や妹がいるらしい。

「ここ十日ばかり、品川で仕事をしているんですよ」

すぐさま止吉が説明した。

「ああ、そうだったのかい」

ええ、と止吉がうなずいた。

「さっき、あっしが遅い昼飯をとりに行っているあいだに、江戸のお役人が話を聞きに見えたって、うちの若い者から聞いたんですよ。そのお役人がどうも樺山の旦那としか思えなかったんで、あっしはちょっと仕事を抜け出して捜していたんです」

「ああ、そうだったのかい。それは手間をかけたね」

「いえ、なんでもありませんよ。樺山の旦那は、雄哲先生をお捜しになっているらしいですね」

「うん、そうなんだよ」

富士太郎は大きく顎を引いた。

「止吉、この町で雄哲先生の姿を見ていないかい」

「ああ、それなんですけど、品川では見ていません」

むっ、と富士太郎は止吉を見直した。

「よそで雄哲先生を見たような口ぶりだね」

――もしかしたら、これが珠吉がいう天の褒美かね。

富士太郎は、止吉をにらみつけるようにした。止吉がその目を見て、戸惑う。

済まなかったね、と心で謝って富士太郎は相好《そうごう》を崩した。

ほっとしたように止吉がうなずく。

「ええ、それが見たんですよ」

「それはいつのことだい」

勢い込んで富士太郎はきいた。少し止吉が後ずさる。

「あ、あれは半月ばかり前です。もうけっこう前のことですけど、お役に立ちますか」

「もちろんだよ。知りたかったのは、まさしくその頃のことだからね。それで、どこで雄哲先生を見たんだい」

口調を穏やかなものにして、富士太郎はたずねた。

「浅草ですよ」

「浅草だって」

富士太郎は我知らず声を上げていた。

「ええ、あの日は女房の買物に付き合わされて浅草にいたんです。女房にくっついて小間物屋めぐりってのはつらいものがありますからね、一人で店を抜け出して、浅草の町をぶらぶらしていたんですよ」

「それで、浅草のどこで雄哲先生を見たんだい」

「花川戸そばの船着場ですよ」

止吉がさらりとそんなことをいったから、富士太郎はびっくりした。後ろに控える珠吉も同じ気持ちだったようだ。

富士太郎はまじまじと止吉を見た。

「止吉、船着場にいらしたのは、まちがいなく雄哲先生だったんだね」

なんとか気持ちを落ち着けて、富士太郎は問うた。

「ええ、まちがいありません。なにやら急いでいるご様子でしたから、声はかけませんでしたけど」

言葉を切って、止吉が鬢《びん》をかりかりと指先でかいた。

「雄哲先生って、ちょっと取っつきにくいところがあるじゃないですか。正直なところ、それで声をかけられなかったんですけどね」

その止吉の気持ちは、富士太郎にもよくわかる。今はもうちがうが、前は富士太郎も雄哲を苦手としていたのだ。

軽く咳払いをして富士太郎は止吉にきいた。

「雄哲先生は船着場でなにをしていたんだい」

「船着場ですからね、荷船に乗りましたよ」

「えっ、荷船に……」

「ええ、けっこう慣れたご様子でしたね。船頭と気軽に話していましたよ」

「雄哲先生が乗り込まれたのが、どこに向かう荷船だったか、止吉、わかるかい」

「あれは多分、川越行きの荷船だと思いますよ。船のそばを通ったら、ずいぶんと生臭かったんで。きっと鮮魚を運ぶ船でしょう。あの手の船は、たいてい川越行きですからね」

　そうだったのか、と富士太郎はぎゅっと拳を握り込んだ。

　——やはり、雄哲先生は川越に向かわれたんだ。

「雄哲先生は一人だったのかい」

　富士太郎は新たな問いを発した。

「ええ、お一人でしたよ。ほかに供らしい人はいませんでしたね」

「船頭と気軽に話をしていたといったけど、雄哲先生が誰かに無理矢理乗せられたというようなことはなかったかい」

「えっ、無理矢理ですか」

　止吉が面食らったような顔になった。ごくりと唾を飲み込む。

「いえ、そんな様子はありませんでしたよ。笑ってはいませんでしたけど、これからはじまる船旅が楽しみだというように、うれしそうでした」

「そうかい」

　ふう、と息をついて富士太郎は肩から力を抜いた。

　——雄哲先生は、別に連れ去られたわけではないんだね。川越になにか用事があって、自ら足を運ばれたんだ。

何者かに害されたというわけではなかったのだ。

それがわかっただけでも大きな収穫である。

このことを急いで秀士館に知らせなければならない。

もっとも、すでに佐之助たちは川越に向かっているはずだ。川越まで十里はある。もし船に乗ったとしてもまだ着いていないだろう。川越に着くのは、明日の昼頃ではないか。

――とにかく、これから秀士館に行くのが一番だろうね。

富士太郎は腹を決めた。

このことを知らせさえすれば、館長の大左衛門がなんとかしてくれるのではないか。

――それに、秀士館には直之進さんもいらっしゃるよ。布で吊った左腕がまだ痛々しかったけど、直之進さんがきっと川越に行ってくださるよ。そのための遊軍なんだからね。

富士太郎は顔を上げ、止吉を見つめた。

「止吉、かたじけなかった。おまえさんはおいらたちが最も知りたかったことを教えてくれたよ」

「えっ、ああ、そうなんですか」

「うん、そうだよ」

富士太郎はきっぱりといった。

「止吉、じゃあ、これで失礼するよ」

「お役に立てたようでなによりですよ」

「止吉、このお礼はきっとするからね」

「いえ、お礼なんていりませんよ。あっしはいつも皆さんのお役に立ちたいだけですから」

その気持ちが強い男だからこそ、いろいろと忙しい合間を縫って、秀士館のなんでも屋をしてくれているのだろう。

富士太郎の頭が自然に下がった。

「かたじけない」

もう一度、頭を下げてから富士太郎は東海道を進みはじめた。すぐに珠吉が露《つゆ》払《はら》いのように前に出る。

「珠吉のいう通りだったね」

富士太郎は珠吉の背中に語りかけた。

「えっ、なにがですかい」

首をかしげて珠吉が振り向く。

「天が褒美をくれるってことだよ」

「ああ、まさしくそうなりましたねえ」

「そのうちって珠吉はいったけど、すぐだったねえ」

「ええ、よかったですよ」

珠吉が前を向いた。

「でも旦那、天が褒美をくれたのも、一所懸命に働いたからですよ」

「ああ、そうだね」

「怠け者に、天は褒美なんか、くれやしねえんですから」

珠吉のいう通りだよ、と富士太郎は思った。

——だからこれからも手抜きなんて、一切しちゃいけないんだよ。

足早に秀士館を目指しつつ、富士太郎はかたい決意を改めて胸に刻みつけた。

第三章

一

ふう、と大きく息をついた。

ここなら、いくら深い呼吸をしても遠慮する必要はない。

ここは川目家の屋敷内なのだ。

郷之助はまた深呼吸をした。それを何度か繰り返して気持ちを静める。

これからやることは、下手《へた》をすれば命を失いかねないことなのだ。

不意に一陣の風が吹き渡った。幹が大きく揺れ、松のてっぺんに立つ郷之助の体が傾く。

この程度は大したことはない。郷之助に怖さはまったくない。

こんな高所にいるからといって、風に吹き飛ばされるようなことはない。

幼い頃からこの場所は慣れたものなのだ。

松のてっぺんから、郷之助は付近の景色を眺めた。

川越城下を包み込む闇は濃く、夜目《よめ》が利く郷之助にもほとんどなにも見えない。刻限は、すでに九つ近いのではあるまいか。

忍び込むには、よい刻限だろう。

――新発田屋敷と新発田家の下屋敷。

八重はどちらにいるのか。

郷之助の勘では、新発田屋敷ではないかという気がする。

だが、自分は幼い頃からあまり勘がよいほうではない。

――では、新発田家の下屋敷のほうか。

だが勘が教えているのとは逆を選ぶと、結局は勘のほうが正しかったということも、昔からよくあった。

――どちらにするか。

郷之助は迷いに迷った。新発田屋敷に忍び込むと決めたはずだが、今はもう決意が揺らいでいる。

なかなか決断を下せぬおのれに、だんだん腹が立ってきた。

――迷っていてもしようがない。

腹に力を込め、郷之助は覚悟を決めた。

――よし、やはり今宵は新発田屋敷に忍び込む。

もし八重の姿がなかったとしても構わぬ、と郷之助は思った。

八重は下屋敷にいることになるからだ。総勢で下屋敷を襲えばよいことである。

夜が深まっていく中、また風が吹き渡り、松の幹を大きく揺らしていった。

それを合図に、忍び装束に身を包んだ郷之助は松の幹を蹴った。

闇の中に、頭から一気に躍り込んでいく。手足を大きく広げ、鼯鼠《むささび》のごとく空を滑るように飛ぶ。

六丈ほどの高さから地面に向かって夜を切り裂き、滑空する。

――ああ、なんと気持ちよいことか。

うっとりし、目を閉じそうになる。

だが、その爽快な時間はあっという間に終わりを迎える。

すでに地面が間近に迫っている。

その刹那、郷之助は体をたたむようにして宙返りをした。

同時に、左手を思い切り振りながら、体を横にひねる。そうすることで、相手に攻撃を加えながら着地の衝撃をやわらげてやるのだ。

体が一回転し、地面に着地した。だん、と大きな音が立ち、足にしびれが走る。直後、それは全身に及んだ。

我知らず顔をしかめた。着地の際、大きな音を立てたからだ。

――どうしても音が消せぬな。

『伴洲《ばんす》解星《かいせい》』という書物には、闇夜に霜《しも》が降りるがごとく着地せよと記されているのだ。

――こればかりは、いつまでたってもできぬな。

二年半前、郷之助は死んだ父親の部屋で書棚をあさっているとき一冊の書物を見つけた。

それが『伴洲解星』だった。

初めて目にする書であったが、中身を見ると、どうやら戦国の昔に書かれた川越忍者の秘伝書らしかった。

その一節に、六丈の高所から飛び降り、攻撃する術が記されていたのだ。

その名も、武者鼠《むささび》の術といった。これは夜空を滑空する鼯鼠の当て字であろうが、まさに言い得て妙だった。

　これができたら最強の忍びといえよう、と心弾ませた郷之助はさっそく試してみることにした。

『伴洲解星』に術が記されている以上、昔の忍びは武者鼠の術をこなせたにちがいない。

　ならば、今の自分にもできるはずだ。

　庭の松の高さがちょうど六丈ほどである。

　最初は、松のてっぺんから飛び降りる気になれず、一丈ほどの高さからはじめた。

　頭から飛び降りて一回転し、さらに体を横にひねる。着地も意外にたやすかった。

　一丈半の高さも、あっさりとこなした。

　だがその後、二丈の高さに手こずった。

　半丈、高さを上げただけで景色が変わり、恐怖心が芽生えた。

　下手すれば、命を落とすと感じた。

　二丈の高さから上体を投げ出す恐怖心を克服し、しっかりと着地できるようになるのにおよそ二月《ふたつき》かかった。

その後、郷之助は徐々に高さを上げていき、ついには松のてっぺんから飛び降りられるようになったのだ。

『伴洲解星』を父親の書棚で見つけてから一年半が経過していた。

しかし、着地の際、どうしても大きな音が立ってしまう。

郷之助自身、いろいろ工夫をしてみたが、いまだに乗り越えられずにいる。

もっとも、音が立ったからといって、この術のすごさが減ずるわけではない。

郷之助はそう思っている。

――いずれ着地の音は消してみせよう。

郷之助は楽観している。うまくいかないのも、鍛錬の楽しみの一つではないか。

――何事もすぐにできてしまうようでは、おもしろくないからな。よし、そろそろ行くとするか。

庭を歩き出した郷之助は表門には回らず、目の前の塀を、音もなくひらりと越えた。

川目屋敷に沿った道に降り立つ。この高さなら、着地しても音はまったく立たない。

郷之助は人《ひと》けのまったくない道を一人、歩きはじめた。

今宵、配下を連れていく気はない。足手まといになるだけだからだ。

一人のほうが自由になんでもできる。

——忍びを統《す》べる番頭として、それではいかぬのかもしれぬが、なにごとも楽なほうがよいに決まっておる。

配下が一緒でなければ、腹を立てることもない。

もっとも、今も新発田屋敷と新発田家の下屋敷を、一の組と二の組の者が四人ずつで見張っている。

それぞれの屋敷になにか動きがあれば、すぐに連絡《つなぎ》をとるようにいってある。

武家屋敷ばかりが固まるように建ち並ぶ町を三町ばかり進んだところで、郷之助は足を止めた。

途中、もし人と出会ったら、すぐさま身を隠すつもりでいたが、結局、ここに来るまで誰とも出会うことはなかった。

こんな刻限に外に出ている者は、盗人か忍びくらいしかいないのではあるまいか。

眼前に建つ武家屋敷が、目当ての新発田屋敷である。

今も、この屋敷を四人の忍びが見張っている。こちらに注がれているはずの眼差しは感じないが、今もどこかにひそみ、郷之助を見ているのは疑いようがない。

長屋門の前に立ち、郷之助は屋敷内の気配を探った。

静かなものだ。屋敷内から伝わってくる気配からして、人は大勢いるのが知れたが、そのほとんどは新発田家に奉公している家臣と女中たちではないか。今は多くの者が寝《しん》に就《つ》いているようだ。

——さすがに城代家老の屋敷だけのことはある。人は多いな。

配下の忍び全員で斬り込んだところで、家臣たちとの戦いを制して、八重を亡き者にすることができるだろうか。

決死の覚悟で戦いに臨んでくる家臣たちを、打ち破れるだろうか。

——打ち破るしかないのだ。とにかく俺は前に突き進むしかない。

悲壮な決意を郷之助はすでにかためている。

——こんなことになったのも、庸春公の甘言につられた俺が悪いのだ。もっとも、甘言だったといえども、受けた恩は必ず返さねばならぬ。忍びとして、それは当然のことだ。

少し歩いて、郷之助は長屋門から離れた。新発田屋敷のぐるりを巡る塀の高さは、大したことはない。せいぜい半丈ほどだ。

昨晩は腹這いで身をひそめていた塀を、郷之助は無造作に乗り越えた。

庭に着地し、すぐさま樹間を縫って母屋まで五間ほどに近づいた。

一本の松の木に身を寄せて、再び気配を探った。あたりに人の気配はなく、ひっそりとしている。

何者かがひそみ、警戒の目を放ってもいないようだ。

それでも、その場で四半刻ほど身じろぎ一つせず、じっと待った。

――よかろう。

人の気配はない。行けると判断した郷之助は松の陰を出て、母屋に素早く近づいた。

どこかで梟《ふくろう》がわびしげに鳴いた。

その声を振り払うように、郷之助はさっと母屋の床下にもぐり込んだ。

そのまま屋敷の奥を目指して進む。新発田屋敷の絵図面は頭に入っている。

川目家には、川越松平家の主立《おもだ》った家臣の屋敷の絵図面がそろっているのだ。

――おそらく、何代か前の川目家当主が主君に命じられて、家臣たちの屋敷を、密かに調べ回ったにちがいない。

なにゆえ主君がそんなことを命じたのか。真相は闇の中だが、その理由を郷之助は考えてみたことがある。

もしかするとその当時、謀反《むほん》の動きが家中にあったのかもしれない。反逆者が屋敷に立て籠もったときに、屋敷の絵図面があるのとないのとではずいぶんちがう。

調べ上げた屋敷をすべて絵図面に描き、川目家の当主は主君に差し出したのだろう。そして、同時に控えを残しておいたのではないか。

それが主君の命なのか、当主の独断なのかはわからないが、きっとこういうことだったのではないか、と郷之助は思っている。

ひたすら屋敷の奥を目指して、郷之助は床下を進んでいった。

やがてひそひそと声が聞こえてきた。男の声である。なにか話をしている。

――こんな刻限まで起きている者がいるのか。しかも二人のようだ。

その場にとどまり、郷之助は耳をじっと澄ました。

すぐに、このままではいかぬな、というしわがれ声が聞こえた。どうすればよいのですか、と若い声がきいた。手立てはおまえもわかっておるだろう、としわがれ声がいう。

――これは、誰かが重篤ということを意味しているのか。

それは誰なのか。

決まっている。

八重であろう。

庸春が御典医に命じて、当時は川越城内の奥御殿にいた八重に飼《か》わせた毒が効いているということか。

毒は警鳴散《けいめいさん》といったはずだ。警鳴散が徐々に体をむしばんでいく毒であることは、庸春から聞いて郷之助は知っている。

そのあとしばらく頭上の会話は途絶えていたが、徳験丸がなんとしてもほしい、とつぶやく声を郷之助の耳はとらえた。

注文はしているのですが、と若い声が答えた。まだ届かぬのか、と苛立たしげにしわがれ声がいう。

徳験丸という薬があれば、と郷之助は思った。八重は快方に向かうということか。

——どうやら、わざわざ新発田屋敷に押し入って亡き者にせずとも、警鳴散の効き目で八重はじきに死ぬようだな。その徳験丸とやらが新発田屋敷に届かぬようにすれば、よいだけの話ではないか。

郷之助はにんまりとした。

——まさか、こんなにたやすくいろいろと知れるとはな……。

端から自分が忍び込んでおけばよかった、と郷之助は淡い後悔とともに思った。

これで重造も、郷之助のことをさらに敬《うやま》うことになるのではないか。

きっとそうにちがいない。

二

三和土の雪駄を履いた。

直之進は、式台に座しているおきくに向き直った。

「ではおきく、行ってまいる」

おきくをじっと見て直之進はいった。

「はい、お気をつけて」

　おきくの背中には、いつものように直太郎がおり、今もぐっすりと眠っている。

「うむ。もっとも、小日向東古川町の琢ノ介に会いに行くだけゆえ、なにもないと思うが」

　いえ、と強くいっておきくがかぶりを振る。それでも直太郎が目を覚ましそうな気配はない。

「なんといっても、あなたさまは嵐を呼ぶ男なのですから、どこに行くにも決して油断はなりません」

「まあ、そうだな。気を緩《ゆる》めることなく、米田屋に向かうとしよう」

「はい、是非そうしてください」

「おきく、米田屋のみんなに伝えたいことはないか」

「特にありませんが、私も直太郎も元気に過ごしていると伝えていただけますか」

「承知した。おきく――」

　背筋を伸ばして直之進は呼びかけた。

「米田屋のみんなと離れてしまい、寂しくはないか」

「それはもちろん寂しいですけど、会おうと思えばいつでも会えますから」

おきくが微笑してみせる。

「そうか、寂しいのか」

「いえ、口でいうほど寂しくはありません」

おきくが静かに首を横に振る。

「これは強がりでもなんでもありません。いつもあなたさまがいてくれますし、あなたさまがいらっしゃらないときでも、直太郎が一緒ですから」

「そうか。だが、俺たちがどこで暮らすべきかについて、真剣に考える必要があるかもしれぬ」

「でもあなたさま、私はここでの暮らしに満足していますよ」

「俺も気に入ってはいるが……。とにかく、琢ノ介はまことに寂しがっているらしい。ちょっと話をしてくる。午前の稽古がはじまる前には戻る」

「はい、わかりました。——ああ、あなたさま、本当に朝餉はいらないのですか」

「ああ、いらぬ。戻ってきてから食べるゆえ、おきく、支度しておいてくれるか」

「承知しました」

　右手を伸ばして、直之進は直太郎を起こさないように小さな頭に触れた。手のひらに、じんわりとした温かみが伝わってくる。直太郎の頭を軽くなでてから、直之進は家の外に出た。

　まだ外は少し暗い。

　先ほど明け六つの鐘を聞いたばかりだから、それも当然だろう。だが空には星の瞬きは一つも見えない。

　秀士館の敷地を横切り、直之進は表門にやってきた。

　番小屋の外を、箒《ほうき》で掃いている人影が見えた。秀士館の門番の岩三のようだ。

「おはよう」

　直之進が快活に挨拶の声を投げると、岩三がぎくりとしてこちらを見た。

「あっ、ああ、湯瀬師範代ではありませんか。おはようございます」

　直之進に向き直って、岩三が腰を折った。

「済まぬな、岩三。驚かせてしまったか」

「いえ、驚いてなんていやしませんよ」

強がるかのように岩三が、ぶるぶるとかぶりを振った。

「湯瀬師範代、こんな朝早くからお出かけですか」

真顔に戻って岩三がきいてきた。

「うむ、友垣に会ってくる」

「友垣でございますか」

うなるような顔になり、岩三が眉根を寄せる。

「湯瀬師範代も、行方知れずにならないでくださいましよ」

岩三は、品川の友垣に会いに行くといって出たまま行方がわからなくなっている雄哲のことをいっているのだ。

「まあ、大丈夫であろう。近場だしな。午前の稽古が始まる前には必ず戻る」

岩三にいい置いて、直之進は門をくぐって外に出た。

小日向東古川町めざして道を歩き出す。

――しかし昨日は退屈だったな。

佐之助に強くいわれて直之進は昨日、道場に居残ったものの、使えるのは右腕のみのため、結局、門人たちともろくに稽古ができなかった。

骨折した左腕を治すのが先決だとはいえ、こんなことならば、直之進は雄哲の捜索に加わりたいと強く思ったものだ。

そのほうがよほど力になれるのではないか。

昨日、佐之助や民之助が秀士館を出ていったあと、直之進がしたことといえば、見所に座して稽古を見守り、ときおり立っては門人たちに助言する程度だった。

やはりそれだけでは退屈でならず、試しに右手のみで竹刀を握り、門人と打ち合ってもみた。

だが、振り下ろされた竹刀をまともに受け止めた途端、左腕にずきんと痛みが走った。その弾みで竹刀を取り落としそうになるくらいの痛みだった。

これでは稽古にならぬ、とその後の直之進は門人たちの稽古を見守り、助言することに専念したのだ。

実際の立ち合い稽古などは、仁埜丞や十郎左に任せっきりだった。

――雄哲先生の捜索に加われぬ限り、今日も昨日と同じであろう。

竹刀を振れればまたちがうのだろうが、左腕が治らない以上、それは無理だと、昨日、はっきりした。

――普段、倉田とともに門人に稽古をつけているときはなんとも思わぬのに、倉田がいなくなった途端、張り合いをなくすのだからな。俺は倉田がそんなに恋しいのだろうか。

すぐに直之進は首を横に振った。

「恋しいとかではない」

声を大にして直之進は否定した。

「俺は倉田が自由に動き回っているのが、うらやましいだけに過ぎぬ」

そんなことを口にしつつ、直之進は小日向東古川町に向かって足を速めた。

歩き続けているうちに、あたりはだいぶ明るくなってきていた。


久々というわけではないのだが、懐かしい町並みに思えた。

――ああ、やはり東古川町はよいな。戻ってきたような感じがする。

考えてみれば、沼里から江戸に出てきて初めて住み着いたのがこの町なのだ。

――俺は、なにゆえこの町を選んだのだろうか。

沼里から不意に姿を消した妻を追いかけてきて、このあたりで千勢を見た者がいたからだ。

そのことを教えてくれたのは、沼里家中の士だった。

あの家士は、今どうしているだろう、と思う。息災にしてくれていたらよいが、と直之進は願った。

「あら、湯瀬さまじゃないの。どうしたのさ、その左腕」

横合いから声をかけてきたのは、よく蔬菜を買っていた八百屋の女将《おかみ》だ。布で左腕を吊っている直之進の姿を見て心配したようだ。

「ああ、これか。たいしたことはない。もうすぐよくなる」

「相変わらずだねえ。おきくちゃんも気が気じゃないだろうさ」

直之進には返す言葉もない。

「それより今日は朝早くからどうしたんだい。この町に帰ってきたのかい」

「いや、米田屋に行くだけだ」

「早く戻ってらっしゃいよ。湯瀬さまがいなくなってから、この町もなんか寂《さび》れちまってねえ」

「そんなこともあるまいが」

笑顔で答えて直之進は道を進んだ。

さらに何人もの顔見知りにあった。いずれも昨日会ったばかりのような顔をして話しかけてくる。

このざっかけなさが、直之進には好ましい。秀士館で暮らしていると、こんなことはほとんどない。

——やはり戻るのもよいかもしれぬな。

声をかけてくる者たちすべてに手を振って応えつつ、直之進は思った。

秀士館に建つかなり広い家に慣れると、また狭い長屋暮らしには戻りたくないが、琢ノ介がよい家をいくらでも周旋するといっている以上、住むところに困るようなことはまずないだろう。

やがて見慣れた店が見えてきた。

その佇《たたず》まいに目を当てつつ歩いていたら、直之進は胸が詰まるものを覚えた。

——あの店では、いろいろと世話になったな。初めての用心棒仕事もあの店で紹介してもらったのだったな。

前のあるじである光右衛門には、飯をよく食べさせてもらった。当時は金回りがいいとはとてもいえなかったから、食事を供してもらい、本当に助かった。

その恩を返さないうちに、光右衛門は逝ってしまったのだ。

また会いたいな、と直之進は心から思った。しかしそれは決して叶えられることではない。

——俺があの世に行ったら、舅どのに会えるのだろうか。

きっと会えよう。

ならば、と直之進は思った。そのときを心静かに待てばよい。死はどんな者にも必ず訪れるものだ。

穏やかな風に暖簾が揺れている。

もう店は開いているのだ。

暖簾を払い、直之進は、ごめんと断ってから広い土間に足を踏み入れた。

土間は無人で、客はまだ一人も来ていなかった。

たくさんの紙が、土間のまわりの壁に貼られている。すべて求人票で、さまざまな条件が記されている。

「あっ、直之進さん」

帳場格子《ちようばごうし》の奥にいた女が声を上げた。

「おれんちゃん、おはよう」

おきくの双子の姉である。

「おはようございます」

帳場格子を回って、おれんが土間に下りてきた。

「よくいらしてくれました」

「おれんちゃん、元気そうだな」

「はい、元気にしています。直之進さんもつやつやと顔色がいいですね」

「そうかな」

直之進は、右手の手のひらで自分の顔をなでた。

「おきくも直太郎も元気にしている。安心してくれ」

「ああ、さようですか。それはよかった」

おきくそっくりの笑顔でおれんが喜ぶ。

「直之進さん、左腕の具合はいかがですか」

直之進が布で左腕を吊っているのを見て、おれんが気の毒げな顔をする。

「うむ、まずまずといったところだな」

「そうですか、お大事になさってくださいね」

「うむ、かたじけない。ところでおれんちゃん、琢ノ介はいるかな」

「はい、おりますよ。いま朝餉の最中だと思います」

「ああ、それは悪いところに訪ねてきたようだな」

「いえ、そんなことはありません。直之進さんが見えたと知ったら、お義兄《にい》さんはきっと喜びますよ。ささ、直之進さん、上がってください」

「かたじけない」

直之進は雪駄を脱いで上がった。

内暖簾を払って廊下を進むおれんのうしろについていく。

米田屋の中を歩いているうちに、またしても直之進は懐かしさに包まれた。

「お義兄さん」

居間の前で足を止めたおれんが中に声をかける。

「直之進さんが見えました」

「なんだと」

驚く琢ノ介の声を聞いて、直之進は居間をのぞき込んだ。

「おっ、本当に直之進ではないか」

座した琢ノ介が目を丸くしている。

「おはよう、琢ノ介」

「ああ、おはよう」

「済まぬな、朝餉の邪魔をしてしまい……」

「いや、邪魔だなんてことがあるか。直之進、そんなところに突っ立ってないで入ってこい」

一礼して直之進は居間に足を踏み入れ、琢ノ介の向かいに座した。

あぐらをかいている琢ノ介の前には膳が置いてある。

「琢ノ介、一人で食べているのか」

「ああ。いつもは皆で食すのだが、ちょうど納豆をきらしてな。おあきが祥吉《しょうきち》と一緒に納豆を買いに行っておる」

「納豆をな」

「わしは毎朝、納豆を食べぬと力が出ぬゆえな。二人ともじきに戻ろう」

うむ、と直之進はうなずいた。

「納豆が琢ノ介の力の源だったか」

「そうよ。俺だけではないぞ。確か富士太郎も同じはずだ」

「ならば、俺も朝餉に納豆をつけてもらうとするか」

「それがよかろう。直之進、朝餉は済ませてきたのか」

直之進を見て琢ノ介がきいてきた。

「いや、まだだが、いらぬぞ」

「なにゆえだ。まだなら、うちで食べていけばよいではないか」

「いや、おきくに戻ったら食べるといってあるのだ」

「そうか。おきくがつくって待っておるのなら、しようがないな。じゃあ、せめて茶を飲んでいってくれ」

その直後、琢ノ介の声が聞こえたかのようにおれんが直之進に茶を持ってきた。

かたじけないといって、直之進は茶をすすった。喉が渇いていたこともあって、とてもおいしかった。

「直之進、まずは御上覧試合の活躍、すばらしかったな。おぬしにはすぐにも言葉をかけたかったが、なんでも左腕を折って安静にしておると聞いたので、会いに行くのを遠慮していたのだ」

「安静が必要というほどではないが、気を遣わせたな」

「それで、左腕の具合はどうなのだ。まだ痛むのか」

「まあ、快方に向かっている」

「それはよかった。だが沼里では右腕をやられ、江戸では左腕を折るなど、本当に忙しい男よのう」

「まあ、仕方あるまい。おきくによれば、俺は嵐を呼ぶ男だそうだからな」

「それほどの男なら、腕を一本折るくらい、致し方ないか」

「まあ、そうだな。怪我にはとにかく慣れっこだ。そのたびにおきくに心配をかけて、申し訳ないとは思っているが」

——おきくが俺のことを嵐を呼ぶ男というのも、自らそういい聞かせることで、心の慰めにしているだけかもしれぬ。

「——ああ、琢ノ介、箸を止めずに食べてくれ」

湯飲みを茶托に戻して直之進はいった。

「あ、ああ。では直之進、ちょっと待っててくれ。すぐに終えるゆえ」

琢ノ介が箸をあわただしく使いはじめた。

「いや、琢ノ介、そんなにあわてずともよい」

右手を上げて直之進はいった。

「いや、せっかく直之進が来てくれたのだからな」

朝餉の残りも少なかったのはまちがいないが、琢ノ介はあっという間に平らげた。

「ああ、うまかった」

湯飲みに手を伸ばし、琢ノ介が茶を喫した。

「納豆がくる前に終わってしまったな」

「なに、納豆でもう一杯、飯を食えばすむ話だ」

「相変わらず大食らいだな」

「よく歩いているから、いくら食べても前のように太ることはない」

「それはよいことだな。お医者も喜んでいるのではないか」

まあそうだな、と琢ノ介がいった。

「それで直之進、どうしたというのだ。こんなに朝早くやってくるなど、滅多にないことではないか」

「おぬしが俺がいなくなって寂しがっていると、富士太郎さんから聞いたゆえ、こうして訪ねてきたのだ」

「ああ、富士太郎から聞いたか……」

あぐらを改め、琢ノ介が端座した。

「それでどうだ。直之進、この町に戻ってきてくれるのか」

「その件だが、考えさせてくれ。一人で決められることではない。館長やおきくとも話し合わねばならぬ」

もっとも、今朝の様子ならおきくは反対せぬだろうな、と直之進は思った。

——いや、どうだろうか。せっかく秀士館での暮らしに慣れたところで、また引っ越しというのは……。

女は家を守ることを使命としており、あまり頻繁《ひんぱん》に住まいを移すことを喜ばないと聞いたこともあるのだ。

——勝手に一人で決めず、やはりよく話し合ったほうがよかろうな。

「おきくはどう思っているのかな」

琢ノ介がきいてきた。

「どうだろうかな。今の暮らしには満足しているようだが……」

「満足しているなら、動きたがらぬか」

「かもしれぬ」

「おきくが心の底から気に入るような素晴らしい家をわしが用意できれば、話は変わってくるのではないか。直之進、どうだ」

「どうだ、といわれても俺にはよくわからぬ」

「なにゆえだ。夫婦ではないか」

「夫婦だからといって、なんでもわかり合っているわけではない。おぬしだって、義姉上《あねうえ》のすべてをわかっているといえるのか」

「いや、いえるはずがない。おなごというのは、なかなか難しいものでな」

吐息を漏らすように琢ノ介がいう。

「とにかく、小日向東古川町に引っ越すかどうか、これについてはまだなにもいえぬ。そのことを俺はおぬしにじかに伝えに来たのだ」

「そうだったか。越してきてくれたらいいなあ。直之進といつでも会えるものなあ」

「まあ、そうだな」

直之進は茶を飲み干した。

「線香を上げさせてもらえぬか」

「ああ、舅どのだな」

居間とは廊下を挟んだ向かいに仏間がある。そこに光右衛門の位牌が置かれているのを、直之進は知っている。

琢ノ介とともに仏間に入り、仏壇の前に座して、線香を上げた。

おりんを鳴らして両手を合わせ、直之進は光右衛門のことを考えた。

――いろいろ世話になったな。

目を閉じて直之進は語りかけた。

——もし舅どのがいなかったら、今の自分はない。本当に世話になった。光右衛門には感謝の思いしかない。

——それに、とてもよい娘を俺にくれたな。おきくのおかげで、俺は毎日、幸せに暮らしている。これも舅どののおかげだ。

不意に直之進の脳裏に、光右衛門の笑顔がよみがえってきた。光右衛門は直之進を見て、目を細めてにこにこしている。

——おきくのことをほめたから、喜んでおるのだな。あの世に行っても、親というのは変わらぬものだ。

身をよじりたくなるほど、直之進は光右衛門に会いたくてならない。

——どうすれば会えるのか。

しかし、これればかりはどんなに金を積んだところでどうすることもできない。

いつしか、まぶたの堰《せき》を切って涙が落ちてきた。直之進は無理に止めようとはせず、自然に涙が流れるのに任せた。

三

秀士館の表門は開いている。

冠木門《かぶきもん》をくぐった直之進は、そばに建つ番小屋に向かって声をかけた。

中に二人の門番が詰めている。番小屋は門がよく見通せるように壁のない板間がしつらえてあり、そこに二人の門番が座布団を敷いて座していた。

冬の寒い時季になると、壁のある奥の間に詰めることになっている。

「ああ、お帰りなさいませ」

外に出てきて岩三が丁寧に辞儀した。

「うむ、ただいま戻った」

岩三にうなずきかけて直之進は番小屋の前を通り過ぎた。

すぐに長屋のように並んでいる家が見えてきた。そのうちの一つが、直之進たちが暮らす家である。

午前の稽古がはじまるまで、まだ四半刻は優にあろう。

これから食事をとって稽古に臨むことになる。

腹がふくれてしまうと動きが鈍くなってしまうが、今は左腕を骨折しており、門弟にろくに稽古をつけてやれない。

それに、朝から小日向東古川町まで往復したことでかなり腹が減っており、朝餉抜きで昼まで過ごすことなど考えたくなかった。

家の戸口を入り、ただいま戻った、と直之進は声を発した。

直之進が家を出たときと同様に、直太郎をおんぶしたおきくが笑みを浮かべてやってきて、式台に端座した。

「お帰りなさいませ。あなたさま、お疲れさまでした。これをどうぞ」

おきくが、手ぬぐいを差し出してきた。

「ああ、かたじけない」

手ぬぐいを受け取った直之進は、まず顔の汗を拭いた。それから、少し汚れた足の裏もぬぐった。

「ああ、さっぱりした」

手を伸ばしてきたおきくに、直之進は手ぬぐいを渡した。

「あなたさま、義兄さんには会えましたか」

「うむ、会えた。思いのほか、元気だった」

うなずいて直之進は式台に上がった。佩刀《はいとう》を腰から鞘ごと引き抜き、手に持つ。

「私が持ちましょう」

おきくが申し出る。

済まぬ、といって直之進は刀をおきくに渡して、廊下を歩きはじめた。

うしろにおきくが続く。

直之進が居間に落ち着くと、刀架に刀をかけたおきくが台所から膳を持ってきた。

「さあ、おなかがお空きになったでしょう。どうぞ、お召し上がりください」

うむ、と顎を引いて直之進は箸を取った。

おっ、と目をみはったのは、膳に納豆がついていたからだ。

――まるで琢ノ介との会話を聞いていたかのようだな。

おきくが辛子《からし》を入れて納豆をかき混ぜ、醬油を少し垂らした。熱々のご飯にのせてくれる。

こいつはうまそうだ。

ごくりと唾を飲み込んだ。茶碗を持つと左腕に痛みが走ったが、直之進はかまわずに一気にかっ込んだ。

旨みが口中にあふれる。箸が止まらなくなり、直之進はがつがつと食べた。

ふう、うまかった。

朝餉を食べ終えた直之進は茶を飲んだ。人心地ついたところで、給仕をしてくれたおきくに、琢ノ介とのやりとりを話した。

「さようですか」

少し悲しげな口調でおきくがいった。

「私が心の底から気に入る家を用意するとまでおっしゃるとは、義兄さんは本当に寂しいのですね」

「どうやらそのようだ」

「あなたさま、小日向東古川町に戻りますか」

「おきくがよいなら、俺は構わぬ」

「でも引っ越すと、ここに通うのが大変ではありませんか」

「なに、大丈夫だ。倉田はもっと遠い音羽町から通っているのだし」

直之進がおきくにいったとき、外から人の声が聞こえた。

「――湯瀬師範代」

おや、と直之進は声の方向に顔を向けた。

「あの声は岩三ではないか」

すぐにおきくが立ち上がった。

「俺も行こう」

おきくに続いて立った直之進は刀架の刀を手に取り、おきくとともに戸口に向かった。

三和土の雪駄を履き、戸をからりと開ける。

門番の岩三が立っていた。

「ああ、湯瀬師範代。お客さまにございます」

「客……」

岩三が客を連れてきたのかと思い、直之進は岩三の背後を見やった。

だが、そこには誰もいない。

「ああ、いえ、すでにお客さまは館長のところにご案内してあります。それで、湯瀬師範代に来ていただきたいとのことでございます」

「そうか、わかった」

体をひねるようにして、右手で腰に刀を差してから、直之進は背後を振り返った。おきくと目が合う。

「ということだ。行ってまいる」

「はい、行ってらっしゃいませ」

笑みを見せておきくが頭を下げた。おんぶされている直太郎の寝顔がのぞいた。頭をなでたい衝動に駆られたが、直之進はその気持ちを抑え込んで敷居を越え、戸に手をかけた。

おきくと直太郎の顔が消えていく。

「客というのはどなただ」

前を行く岩三に直之進は質《ただ》した。

「御番所の樺山さまと珠吉さんです」

「ほう、富士太郎さんたちか」

きっと昨日の品川での委細《いさい》を知らせに来たのだろう、と直之進は考えた。

岩三の先導で母屋の土間に足を踏み入れた。

富士太郎のものらしい雪駄と珠吉のものとおぼしき少しくたびれた感じの草履が並んで置いてあった。

——この草履は味があるな。いかにも珠吉のものらしい。

心中で微笑して式台に上がった直之進は、岩三とともに廊下を進んだ。

大左衛門の部屋の前で岩三が立ち止まり、板戸越しに声をかける。

「湯瀬師範代をお連れしました」

「入ってくだされ」

中から大左衛門の声がした。岩三が板戸を静かに開ける。

「失礼します」

一礼して直之進は部屋に足を踏み入れた。すぐに岩三が板戸を閉める。

「おはよう、湯瀬師範代」

大左衛門が快活な声を上げた。

「おはようございます」

頭を下げて直之進は返した。

大左衛門の向かいに座している富士太郎と珠吉も、明るく挨拶してきた。

直之進も、おはようといったが、二人ともあまり顔色がすぐれないような気がした。

――なにかあったのかな。ひどく疲れているように見えるが……。

直之進は大左衛門の隣に端座した。

「さて、湯瀬師範代もまいりました。樺山どの、お話をうかがいましょう」

大左衛門が富士太郎に水を向けた。

「はい」

うなずいた富士太郎が手にしていた湯飲みを茶托に置いた。

それから大左衛門と直之進を見つめて、昨日の出来事を訥々《とつとつ》とした口調で話しはじめた。

「えっ、半月ほど前、雄哲先生が花川戸そばの船着場から……」

大左衛門が驚きの声を上げた。直之進も目を見開いた。

ええ、と富士太郎がいった。

「まだ裏づけは取れておらぬのですが、雄哲先生は連れ去られたわけではないようですね」

その言葉を聞いて大左衛門が大きく肩を上下させ、ほっと息をついた。

直之進も頭上に広がっていた黒雲が取れたような気分になった。

——よかった。

今はそれしか思うことはない。

「つまり自分の意志で雄哲先生は川越に向かわれたということにござるな」

「そういうことですね」

大左衛門の言葉に直之進はすぐさま同意した。だがすぐに大左衛門が首をひねっていう。

「雄哲先生がかどわかされたのではないなら、なにゆえ一之輔は、品川の友垣のもとに見舞いに行ったなどと嘘をついたのでござろうか」

「それは雄哲先生の命《めい》ではありませぬか」

直之進は大左衛門にいった。

「なにゆえ雄哲先生はそのような嘘を一之輔につかせたのでござろう」

当然の質問を大左衛門が直之進にぶつけてきた。

「なんらかの事情があり、嘘をつかせる必要があった。今はそれしか考えられませぬ」

「とにかく、雄哲先生が川越に行ったというのはまちがいござらぬな」

「まちがいないものと、それがしも思います」

うむ、と深くうなずいた大左衛門が気合のみなぎった顔を直之進に向けてきた。

「湯瀬師範代」

厳かな声で直之進を呼んだ。

「はっ」

直之進はかしこまって答えた。次に大左衛門になにをいわれるか、すでに解しており、胸が躍るのを抑えきれなかった。

「ご足労だが、今から川越に行ってもらえぬか。ああ、その前に左腕の具合はいかがでござるか」

「大丈夫です」

大左衛門を見返して直之進はきっぱりといった。

「骨折など、大したことはありませぬ。今は雄哲先生のことがなによりも大事です」

その直之進の言葉を聞いて大左衛門が、ふふ、とうれしそうに笑った。

「湯瀬師範代、待ちに待ったという感じでござるな」

「おっしゃる通りです。それがし、力があり余っております」

「では、すぐに川越に行く支度に取りかかってくだされ」

「承知いたしました」

直之進は頭を下げた。

「川藤師範には、わしから話しておくゆえ、断る必要はないぞ」

「はっ、わかりました」

大左衛門が富士太郎たちに顔を向ける。

「樺山どの、珠吉さん、雄哲先生の行方について、大変重要なことをお知らせくださり、まことにかたじけなかった」

丁重にいって大左衛門が両手を畳についた。

「いえ、当然のことをしたまでです。本来は昨日お知らせするつもりだったのですが、ちょっとありまして……」

富士太郎が言葉を濁した。

「さようか。とにかくお礼を申し上げる」

再び大左衛門が深々と頭を下げた。大左衛門がどれだけ雄哲のことを大切に思っているか、如実に伝わってくる。

「では、我らはこれにて失礼いたします」

富士太郎がいって、すっくと立ち上がった。珠吉も同時に立っていた。

「それがしも失礼します」

大左衛門に告げて直之進も腰を上げた。

直之進は、富士太郎たちと連れ立って廊下を歩いた。

「直之進さん、どこかに行かれていたのですか」

前を行く富士太郎がきいてきた。

「ああ、稽古がはじまる前に、琢ノ介に会いに行ってきた」

「ああ、そうなのですか」

玄関に着き、直之進は土間の雪駄を履いた。

富士太郎も雪駄を履き、珠吉は少しくたびれた感じの草履に足をのせた。

「それで直之進さんはどうなさるおつもりですか」

表門に向かって歩き出してすぐに富士太郎がきいてきた。

「今はまだ迷っている。だが、おきくは越してもよいといっている」

「そうですか、おきくさんが……」

「湯瀬さまはどうなんですか。ああ、あっしなんかが口出ししてしまい、まことに申し訳ありません」

「いや珠吉、別に構わぬよ」

にこやかに直之進はいった。

「俺も小日向東古川町に越すのは、やぶさかではない。だが、まだ決められぬ。

塚ノ介たちがそばにいる暮らしは楽しいであろうが、正直なところ、後戻りという気がせぬでもないのだ」

「後戻りですか……」

富士太郎がつぶやいた。

「うむ」

「なにかわかるような気がしますよ」

これは珠吉がいった。

「ずっと同じ日々が続いてほしいと願う人も少なくないでしょうが、湯瀬さまのようなお方は常に変わっていきたいとお考えになるのではありませんかね。いってみれば、安穏であることをできれば遠ざけたいという感じでしょうか」

「安穏な日々を望んではいるが、確かに珠吉のいう通りかもしれぬ。常に前へと進んでいきたいと思っているのは確かだな」

もう家は近い。富士太郎たちとは、じきに別れなければならない。

「ところで富士太郎さんたち、なにかあったのか。疲れた顔をしているようだが」

直之進は足を止めてきいた。

「それですか。先ほども申しましたが、本当は雄哲先生のことを昨日のうちにお知らせしようと思っていたのです」

「ああ、そういっておったな」

「昨日、雄哲先生を見たと大工の止吉から聞き込んだ我らは品川からここに向かったんです。しかしその途中、よりによって我らの前でひったくりがありましてね。それで、そのひったくりを追うことになったんですよ」

「それは災難だったな。ひったくりは捕らえたのか」

「ええ、なんとか捕らえました。しかし、しぶとい男で、我らは一刻以上、江戸の町を駆け回る羽目になりましたよ」

ふふ、と直之進は微笑を漏らした。

「しぶといとは、ひったくりの男のほうこそいいたかった言葉ではないかな」

苦笑して富士太郎が鬢をかいた。

「ああ、まあ、相手がどこまで逃げようと、それがしも決してあきらめませんからね。ひったくりの男も、しぶといと思ったかもしれませんね。いや、しつこいかな」

逃げた男も、とんでもない男の前でひったくりをしちまったと後悔したに相違ない。

「珠吉は大丈夫なのか」

いたわるように直之進はいった。

「へっちゃらですよ、といいたいところですが……」

「さすがにこたえているようだな」

「ええ、昨日は歳を感じました」

直之進は富士太郎を見た。

「今日はゆっくり休んだらどうだ、といいたいところだが、お役目上、そういう訳にもいかぬか」

「でも今日は無理せず、休み休み働くことにしますよ」

若い富士太郎は、疲れたといっても大したことはないはずだ。今の言葉はきっと、珠吉のために口にしたのだろう。

——いつもながら優しい男だな。俺も富士太郎さんを見習わなければならぬ。

こういう男こそが本当の男であろうからな。

「それにしても富士太郎さん、珠吉、よく調べてくれたな。感謝する」

「直之進さん、どうか、雄哲先生のことをよろしくお願いしますね」

「うむ、任せておいてくれ」

直之進は胸を叩いて請け合った。

「では富士太郎さん、珠吉、また会おう」

「ええ、またお目にかかるのを楽しみにしていますよ」

会釈してから直之進は家を目指して歩き出した。振り返ると、富士太郎たちも表門のほうへと歩いていくところだった。

「ただいま戻った」

戸口を入った直之進は声を上げた。

「お帰りなさいませ」

式台に座したおきくが、直之進を見直すような目をする。

「あなたさま、目に力がみなぎっておられますね」

「わかるか」

「わかりますとも。あなたさま、私を誰だとお思いですか。湯瀬直之進の女房でございますよ」

「それは頼もしい。実は今から川越に行くことになった」

「ああ、さようですか。では雄哲先生は川越にいらっしゃるのですね」

「うむ、富士太郎さんたちの働きでそれがはっきりしたのだ」

「さすが樺山さまと珠吉さんですね」

直之進はおきくを見つめた。

「急で申し訳ないのだが、おきく、旅支度を頼みたい」

「大丈夫です。昨日の旅支度がそのまま残っています」

「おう、そうだったか。おきく、しまわなかったのか」

「ええ、近いうちにきっと旅に出られるのでは、という予感があったものですから」

——女という生き物は勘が異様に鋭いな。

直之進は感心するしかない。すぐに式台に上がり、おきくと一緒に廊下を進んだ。

「こちらです」

直之進たちが暮らしている家は、台所以外に四部屋もある広い家である。夫婦の寝所《しんじょ》の隣に衣服をしまうためだけの六畳間があり、そこに振り分け荷物が用意されていた。

直之進はさっそく着替えると、振り分け荷物を担いだ。

「あなたさま、お昼はどうされますか」

「うむ、どこかで食べようかな」

「おにぎりをつくって差し上げましょうか」

「えっ、よいのか」

「もちろんです。すぐにつくってまいります。少しお待ちになってください」

左手が使えない今、右手のみで食べられる握り飯はありがたかった。

「かたじけない」

直之進の頭は自然に下がった。

直之進は居間に入り、いったん振り分け荷物を下ろした。座して待っていると、竹皮包みを手にしたおきくがやってきた。

「お待たせしました」

おきくが竹皮包みを手渡してきた。

「うむ、まだ温かいな」

「ええ、出来立てです」

「いま食べたくなってしまうな」

「できたら、お昼まで我慢してください」

「うむ、なんとかがんばろう」

笑顔で直之進はおきくにいった。

四

川越街道を歩いているとき、遠くに天守らしい建物が見えていた。あれが川越城の天守かと佐之助がきくと、あれは天守ではないのですよ、と民之助が教えてくれた。

「一見、天守のように見えるのですが、あれは富士見櫓《ふじみやぐら》というものなんですよ」

「そうか、櫓か」

今はもう、その富士見櫓がだいぶ近くに見えるようになっている。

これまで田畑や疎林《そりん》を突っ切っていた道が、つと町並みに入った。

歩みを止めることなく、佐之助はほっと息をついた。

「着いたようだな」

「ええ、ここが川越街道の終点川越宿ですよ」

にこにこと民之助がいう。

「ずいぶんと賑やかだな」

「ええ、川越は松平家十七万石の城下町で、武蔵国《むさしのくに》のほぼ真ん中にあります。昔から交通の要衝《ようしょう》でして、もうずっとこの賑わいを誇っているようですよ」

道行く者たちも、生き生きしているように見える。ただし、佐之助はなにか重苦しい空気が川越城下を覆っているのを感じている。

――これはなんだろう。

歩を運びつつ佐之助は軽く首をひねった。

「古笹屋、川越に定宿はあるのか」

「ございます。今そちらに向かっているところでございます」

「ああ、そうだったか」

「その前に倉田さま、腹ごしらえをいたしましょうか。おなかが減ってまいりましたね」

正午前という頃合いだろうが、確かに佐之助は空腹を覚えている。

「うむ、そのほうがありがたい」

「倉田さま、なにか召し上がりたいものはございますか」

「川越はなにが名物なのだ」

「さようですね」

民之助が少し思案する。

「倉田さま、鰻《うなぎ》はいかがでございますか」

「いいな、好物だ」

「よいお店がございます」

自信たっぷりに民之助がいった。

「素晴らしい鰻を供してくれますよ」

「そいつは楽しみだ」

それから四町ほど進み、左に曲がったところで民之助が足を止めた。

鰻を焼く香ばしいにおいが鼻先を漂い、食い気をそそる。

「こちらです」

おっ、と建物の横にかかる看板を見て、佐之助は瞠目した。

「倉田さま、どうかされましたか」

「いや、同じ名なので驚いたのだ」

「えっ、同じ名とおっしゃいますと」

「この富久家《ふくや》という店の名だ」

「よそにも、同じ名の店があるのでございますか」

「どうも沼里にあるらしい」

「沼里とおっしゃいますと、湯瀬さまの故郷でございますね」

「そうだ。あの男、この前の御上覧試合の東海予選で沼里に行ったとき、冨久家の鰻はうまい、あれ以上の鰻はどこにもないと豪語しておった。冨久家の鰻を食べ損ねたことを、ずいぶんとぼやいてもおった」

「ほう、そんなにおいしい鰻屋さんが沼里にあるのですか。それならば、手前も行ってみたいものですね。でも倉田さま、こちらの冨久家さんの鰻もかなりのものでございますよ。手前が太鼓判を押します」

「そうか、そいつは楽しみだ」

佐之助と民之助は暖簾をくぐり、店内に入った。

平屋建ての店で、中は意外に広かった。小上がりがいくつも連なるようにあって、いちばん奥は十畳ほどの座敷になっている。

これだけ広い店なら三十人はいっぺんに座れるのではないかと佐之助は思った。

佐之助たちは、空いている小上がりに座を占めた。かたわらに振り分け荷物を置くと、体が軽くなるのを感じた。

「鰻飯の松を二つ、お願いします」

民之助が、茶を持ってきた小女に頼んだ。どこの店に入っても民之助の物言いは丁寧だ。

「ありがとうございます」

頭を下げた小女が、厨房に注文を通しに向かう。

「しかし倉田さま」

一口、茶を飲んで民之助が静かに呼びかけてきた。

「昨晩の槻見屋《つきみや》でのお酒は、とてもおいしかったですね」

槻見屋とは川越街道白子宿の旅籠である。民之助の定宿とのことだった。

「うむ、うまかった。どっしりとしたこくがありながら、喉越しはすっきりしておった。おぬしの言葉に嘘はなかった。素晴らしい酒だった」

もっとも、雄哲を捜しに行く旅だけに、佐之助はもちろん、民之助も酒を過ごすようなことはなかった。

「お待たせしました」

思いのほか早く、鰻がやってきた。

手を伸ばし、佐之助は丼の蓋を取った。ふわっと湯気が上がり、香ばしいにおいが鼻を打つ。

「すごいな、分厚いのが三枚ものっておるぞ」

「でも倉田さま、これだけではございません。まだお楽しみがあるのでございますよ」

「ほう、そうなのか。そいつはわくわくするな。それにしても、こいつはうまそうだ」

佐之助はさっそく箸を取り、鰻をつまんだ。

佐之助は、ひと口大に切って飯とともに口に運んでみた。

脂の甘みと旨みが、一気に口中にあふれた。脂はくどくなく、ほどよい甘みのたれと相まって、うまい具合に炊《た》かれた飯と一緒にさらりと喉をくぐっていく。

肝吸《きもす》いも、だしがよく利いており、ひじょうに美味だ。

佐之助は夢中になって箸を使った。すると、たれのしみた飯の下からまたもや分厚い鰻があらわれた。

飯の上に鰻が三枚のっているだけでなく、飯のあいだにも同じように鰻が隠されていた。しかもさらに三枚だ。これには佐之助もびっくりした。

「こいつはすごいな」

「ええ、息をのんでしまいますよ」

「まったくだ」

圧倒されるほどの鰻の量だ。

飽きのこない味で、佐之助はあっという間に食べ終えた。

「もし湯瀬が、こんなにうまい鰻を俺が食べたと知ったら、歯嚙みするであろうな」

湯瀬は今なにをしているのだろう、と佐之助は思った。

──まさか、川越を目指している最中などということはなかろうな。いや、やつのことだから、わからぬぞ。なにかつかみ、俺に知らせようと勇んで川越街道を歩いているかもしれぬ。

湯瀬直之進という男なら、十分にあり得る話だ。

「倉田さま、お気に召されましたか」

少し心配そうな顔で民之助がきいてきた。

「もちろんだ。こんなにうまい鰻は食べたことがない」

「それはようございました。案内した甲斐がございました」

茶を喫し、佐之助は口中の脂を洗い流した。

「ああ、そうだ。古笹屋、徳験丸を売っている川越の薬種問屋はなんという店だ」

やはり雄哲は徳験丸を手に入れるために川越に来たのではないかと佐之助は考えている。

「ああ、はい。その薬種問屋は和語絵歌屋《わごえかや》と申します」

どんな字を当てるか、民之助が説明する。

「それはまた変わった名だな。古笹屋、由来を存じておるか」

「いえ、さっぱりでございます。主人が絵や歌に造詣《ぞうけい》が深いのかとも思いましたが、どうやらそうではないようでございます」

そうか、といって佐之助は名の由来について考えた。なにか引っかかるものがある。

「ああ、そういうことか」

ふっ、と佐之助は笑った。

「えっ、倉田さま、いかがなされました」

不意に笑った佐之助に驚いたようで、民之助がきいてきた。

「和語絵歌屋という名だ。かわごえという四文字をばらして、組み立て直したものだな」

「かわごえをばらしてですか……。わ、ご、え、か。――ああ、なるほど」

感心しきった顔で民之助が佐之助を見る。

「さすが倉田さまでございますね。手前など、そんなこと、考えもしなかったですよ」

「たまたま思いついただけだ」

素っ気なくいって、佐之助は茶をさらに喫した。湯飲みは空になった。

「古笹屋、改めてきくが、おぬしは一之輔の顔を知らぬのだな」

「ええ、何度も雄哲先生の部屋には出入りしていたのですが、存じません。それに、ここ最近、ちょっと商売のほうが忙しくなっておりましてね、教授方にもかかわらず、秀士館にあまり出仕できずにいたもので……。申し訳ありません」

つまり、民之助が顔を見る前に一之輔が秀士館からいなくなったということなのだろう。

「いや、謝る必要などまったくない」

少し胃の腑が落ち着くのを待ってから、佐之助は立ち上がった。すぐに民之助が続く。

冨久家の勘定は佐之助が持った。

「済みません、ありがとうございます」

恐縮して何度も民之助が頭を下げた。

「昨日の昼は、おぬしが奢ってくれたではないか。今日は約束通りに、俺が代を持ったに過ぎぬ」

その後、振り分け荷物を置くために、佐之助たちは民之助の定宿に向かった。

旅籠は摂津屋《せつつや》といい、いかにも老舗という雰囲気を漂わせている建物は佐之助の好みといえた。

幸いにも部屋は空いており、佐之助たちは振り分け荷物を自分たちの部屋に置いた。金目のものは身につけたが、振り分け荷物から解き放たれただけで、体がずいぶん楽になった。

その後、摂津屋を出た佐之助は民之助の案内で、一之輔の父親で医者の井出武三の診療所に足を運んだ。

摂津屋から五町ほど歩いた上松江町《かみまつえちよう》に入ったところで、民之助が立ち止まる。

「こちらです」

あたりは町屋ばかりで、武家屋敷は一軒も見当たらない。

目の前に建つのはこぢんまりとした建物で、人の気配は感じられなかった。戸口の板戸には錠が下りていた。

——誰もおらぬのではないか。武三という医者は、診療所を留守にしておるのか。

佐之助は小首をかしげた。

そのとき、往来を小走りに駆け寄ってくる人影があった。

「おっ、患者さんかな」

男のつぶやきが聞こえた。どうやら人影は武三本人のようだ。

——よく帰ってきてくれた。

手がかりを求めて行った場所でいきなり空振りというのは、佐之助としては、さすがに勘弁してもらいたかったのだ。あまりに幸先《さいさき》が悪すぎよう。

武三とおぼしき男が、佐之助たちの前で立ち止まった。おっ、といって民之助に目をとめる。

「そこにいるのは、甘草《あまくさ》さんではないか。お久しぶりですな」

いかにもうれしげにいった。

甘草というのは、と佐之助は思った。どうやら民之助の俳号のようだ。薬種の甘草《かんぞう》から取ったものであろう。

「甘草さん、待たせてしまったか。いま昼餉を食べに行っておってな。昼餉といっても、朝餉も兼用しているのだが……」

「ああ、ご飯で出られていたのですか。いえ、全然待っておりませんよ」

にこやかに民之助が答えた。

「武骨さん、こちらにいらっしゃるのは倉田佐之助さまといい、秀士館で剣術方の師範代をされておられる」

すぐさま民之助が武三に紹介する。

「剣術の師範代……。それは、さぞお強いのでしょうなあ。——ああ、どうぞ、お入りくだされ」

鍵を使って武三が錠を開けた。よっこらしょ、といって板戸を横に滑らせる。

狭い式台の先は六畳間で、そこは待合部屋のようだ。

待合部屋の右側は襖が閉まっており、そちらが診療部屋らしい。

佐之助と民之助は待合部屋に通された。

襖を開けていったん姿を消した武三が、三つの湯飲みをのせた盆を持って戻ってきた。

「どうぞ、召し上がれ」

武三が湯飲みをじかに畳に置いていく。

「茶托のような、気の利いたものはうちにはなくてな……」

「いえ、別に構いませんよ。どうか、お気づかいなく」

快活な声音で民之助がいった。

民之助の向かいに武三が座った。武三が民之助を見て、軽く首をひねる。

「甘草さん、少し疲れ気味に見えるが、大丈夫か」

「えっ、別に疲れてなんかいませんよ」

いかにも意外そうに民之助がいった。

「いや、どうかな。甘草さんもいい歳だしな。十里ほどとはいえ、歩くのがこたえてくるようになったのではないか」

「いえ、そのようなことはないと思うのですが。手前は疲れなど、ほとんど感じていないのですよ」

「甘草さん――」

厳しい声でいって武三が民之助を見据える。

「ちと横になりなさい」

有無をいわせぬ口調である。

「えっ、ここでですか」

「さよう」

「わかりました。武骨さん、うつぶせですか、それとも仰向《あおむ》けですか」

おそるおそるという風情で民之助がきく。

「うつぶせだ」

はい、と答えて民之助が素直にいわれた通りにした。

いきなり武三が民之助の上に馬乗りになり、腰のあたりをぐいぐいと両の親指で押しはじめた。

「うっ、い、痛い」

背中を反らせて民之助が悲鳴を上げた。

「わしがいま押しているのは腎の臓だ。ここが痛いときは、体が弱っている証《あかし》。ここを揉みほぐしてやると、だんだん疲れやむくみが取れていく」

「えっ、ああ、そうなのですか。武骨さん、もう少しお手柔らかに願えないものでしょうか」

民之助の声は抗議の色を帯びている。

「無理だな」

にべもなくいって、しばらく武三は民之助を揉み続けていた。

「ふむ、このくらいでよかろう」

「起きてもよろしいですか」

「よい」

武三の気が変わらないうちにとばかり、民之助があわてて起き上がった。

「武骨さん、ありがとうございました。だいぶ楽になりました」

「そうであろう」

武三は満足そうに、にこにこしている。

「しかし、少し腎の臓の薬を服用したほうがいいかもしれぬ。わしが処方してやろうか」

「いえ、けっこうです」

民之助がきっぱりと断った。

「うちは薬種問屋ですから、腎の臓の薬は売るほどあります」

「ああ、そうであったな」

愉快そうに笑ってから、武三が佐之助に一瞥《いちべつ》を投げてきた。

「倉田さまといわれたか、あなたはいかがかな。疲れてはおらんか」

「うむ、俺は大丈夫だ」

別に佐之助は疲れを感じていない。

「そうか、まことに疲れが取れてすっきりするぞ。ちと残念だのう」

佐之助が見たところ、武三の医者としての腕はそこそこのようだ。

しかし、この男に診てもらうと、病気の辛さを和らげてくれるような気がする。

――こういう医者を、名医というのかもしれぬな。

佐之助はそんなことを思った。

「それにしても甘草さん、ずいぶん急な訪問だな。いつもは事前に文などをくれるのに……」

少し不思議そうに武三がいった。

「ちょっとありましてね」

民之助が言葉を濁し気味にした。

「もしや雄哲のことか」

ずばりと武三がきいてきた。

「さようにございます。今も雄哲先生の行方がわからずじまいなのです」

「さようか。雄哲の身に、いったいなにがあったのか……。一之輔もまだ捜し出せておらぬか」

武三にきかれて民之助が仔細を話した。

「えっ。雄哲の行方知れずに、うちのせがれが絡んでいるかもしれんのか」

「ええ」

言葉少なに民之助が答えた。

「武骨さんは、一之輔さんが川越に帰ってきたかどうか知らないのですね」

「ああ、知らん」

顔をしかめて武三がいった。

「もしかすると雄哲先生は川越に来ているのかもしれないのですが、つなぎはありせんか」

「雄哲とは、長崎でともに机を並べた仲だが、つなぎはなにもないな」

「川越以外でもよいのですが、雄哲先生の行方に心当たりはありませんか」

「甘草さんから文をもらっていろいろと考えたのだが、やはりないのだ。ここ最近、雄哲とは会っておらんのでな」

「一之輔どのを秀士館に預けたときも、雄哲先生には会っておらぬのか」

これは佐之助がきいた。佐之助を見返して武三が顔をしかめる。

「うむ、会っておらぬ。文だけでやりとりをしたのでな。雄哲のもとに預けるにあたり、わしが雄哲と知り合いであるということは、甘草さんと館長の佐賀どの以外、誰にも知らせておらんし」

言葉を切り、武三がうつむいた。

「——ああ、いや、そうではないな。新発田従五郎さまには、お話ししたぞ。せがれが雄哲ほどの人物のもとに弟子入りしたことがうれしくて、つい話してしまったのだ。話したからといって、別に都合の悪いこともなかろうが……」

「その新発田従五郎というのは何者だ」

語気鋭く佐之助はきいた。

「川越を領する松平さまに仕える城代家老さまだ」

「ふむ、城代家老か。新発田従五郎というのはどんな人物だ」

「とてもよいお方よ」

迷いのない口調で武三が答えた。

「わしはときおり医者仲間の会合に出かけるのだが、そのときにお城の御典医もやってくるのだ。医者の会合のなにがおもしろいのか、新発田さまも折を見ていらっしゃることがある。そのときに新発田さまは、わしにいつも気さくに声をかけてくださるのだ。できるだけ善政を敷こうとしているから領民にも人気がある」

領民に人気か、と佐之助は思った。それが本当だとしたら、それをおもしろくないと思う輩《やから》が必ずいるものだ。大名家にはつきものの政争が川越松平家の家中で起きているのかもしれない。

つまり、と佐之助は考えた。いま川越を覆っている重苦しい気は、このことに由来しているのではあるまいか。

「その新発田という城代家老は、雄哲先生とは知り合いか」

「いや、それはない」

武三があっさりと否定する。

「老中首座の御典医をつとめていたほどの医者ゆえ、新発田さまも雄哲の名くらいはご存じかもしれぬが、面識はあるまい」

「では城代家老と一之輔どのはどうだ。二人は知り合いか」

「それもなかろう」

武三はこの問いにも首を横に振った。

「城代家老さまにせがれのことを話したのは、その時が初めてだ。仮に二人が城下ですれ違っても、城代家老さまには、わしのせがれだとはわかるまい」

そうか、と佐之助はつぶやいた。

「いま川越松平家で、政争などは起きておらぬか」

「ふむ、政争か。毎度のことだ。政争に敗れたほうが何年かのちに逆転して実権を握り、それまで表舞台にいた者たちを蹴落とす。蹴落とされたほうがまた数年後に盛り返して、再び実権を取り戻す」

あきれたように武三がいった。

「川越松平さまの家中はずっとその繰り返しだ。わしなどまだ五十年も生きておらぬが、すでに飽き飽きしておるよ」

「今もなにか起きているのだな」

「起きているだろうな。詳しいことはよく知らぬのだが」

「武骨さん――」

茶で唇を湿して民之助が呼びかけた。

「なんでも構いませんから、雄哲先生や一之輔さんについて、なにか知っていることはありませんか」

「なにか知っていることか……」

つぶやくようにいって、ふと武三が少し遠い目をした。

「ああ、そういえば、つい先日、一之輔によく似た者を見かけたと、隣の者がいっておったな」

首をひねって武骨が話した。

「わしは、せがれは江戸にいるからそれは他人の空似だろうと一笑に付したのだが、もしや本当に一之輔だったのだろうか」

「隣家の者は、どこで見かけたといっていたのだ」

勢い込んで佐之助はきいた。

「ああ、なんでも、得意先まわりで北久保町《きたくぼちよう》に行った際、見かけたといっていたな」

「北久保町……。それは川越城下だな」

「むろんだ。武家屋敷が多くかたまっているところだ」

「古笹屋、どのあたりかわかるか」

「ええ、わかります。武骨さんがおっしゃるように、大身の武家屋敷が建ち並んでいる町です」

「大身の武家か。では川越城のそばか」

「さようです」

「あとで連れていってくれ」

「お安い御用です」

民之助が快諾した。

改めて佐之助は武三にただした。

「隣家の者が、北久保町で一之輔どのらしい男を見たのはいつのことだ」

「七日か、八日ばかり前のことらしい」

ちょうど一之輔が秀士館から姿を消した頃と符合する。

――やはり、一之輔は川越に来たとしか考えられぬ。となると、雄哲先生も川越に来ていると考えてよいのではないか。

「得意先まわりといったが、隣家の者はなにか商売をしておるのだな」

「小間物売りだ。いつも熱心に行商に歩いておる」

「今も出かけておるか」

「ああ、今朝、挨拶したばかりだが、そのときはもう商売に出かけるところだった。一度、家を出ると、戻りはいつも夕刻だ」

ならば、まだ二刻近くは帰ってこないということになる。

佐之助としては、隣家の者にもう少し詳しい話を聞きたかったが、ここはあきらめるしかなさそうだ。

「ところで武三どの、俳人は画もよく描くと聞くが――」

座り直して佐之助は呼びかけた。

「おぬし、一之輔どのの人相書を描けるか」

「せがれの人相書とな。ああ、大丈夫だと思うが。絵は昔から、けっこう得手にしておるのでな」

「ならば、いま頼めるか」

佐之助にきかれ、むろん、と武三があっさりうなずいた。

「描けるさ。それに、今はまだこの診療所も混んできてはおらんし、暇潰しにちょうどよかろう」

「では、頼めるか。一之輔どのの人相書を二枚、描いてほしい」

「二枚か、構わんぞ」

武三が快諾するや、横に座している民之助が腰の矢立を外して墨の用意をはじめた。

「武骨さん、紙はありますか」

民之助が武三にきく。

「ああ、あるぞ」

よっこらしょ、といって立ち上がった武三が襖を開けて隣の間に行き、文机の引出しを開けて中から数枚の紙を取り出した。

すぐに戻ってきて、これでよいか、と民之助に紙を見せてきいた。佐之助から見ても、人相書を描くのにはちょうどよい大きさだ。

「もちろんですよ」

深くうなずいて民之助が筆を渡す。

「なにか腕が鳴るな」

畳に紙を置き、筆を手にした武三は、一之輔の面影を引き寄せるかのようにしばらくのあいだ目を閉じていた。

目を開けると同時に筆を墨に浸し、紙にすらすらと似顔絵を描きはじめた。迷いのない筆の運びである。

待つほどもなく、人相書はできあがった。

「我ながらよく描けたぞ」

満足そうに武三がいった。

「せがれにそっくりだ」

佐之助は、描かれたばかりの人相書に目を当てた。

少し生意気そうな感じの若い男がそこに描かれていた。

まずはその絵を凝視し、佐之助は一之輔の人相を脳裏に刻み込んだ。

「よし、もう一枚だな」

これも武三はさらさらと描いた。

「できた」

描き上がったばかりの人相書を目の前に掲げ、武三がじっくりと見る。

「一枚目よりよい出来だな」

満足げにうなずいて、武三が人相書を畳に置いた。

「では、これらをもらってよいか」

二枚の人相書の墨が乾いたところを見計らって、佐之助は武三に申し出た。

「もちろんだ。そのために描いたのだからな。持っていってくれ」

を民之助に渡す。

人相書を手にした佐之助は、それを丁寧に畳んで懐にしまい入れた。もう一枚
「かたじけない」

ありがとうございます、といって民之助が受け取った。

——これで雄哲先生と一之輔の人相書がそろったな。

佐之助は懐にそっと手を当てた。雄哲の人相書は佐之助たちが秀士館を出る前に大左衛門が描き、渡してくれたのだ。

よし、と気合を込めて、佐之助はすっくと立ち上がった。

「あっ、倉田さま、どちらに行かれますか」

あわてていって民之助も立った。

「民之助、足労だが、今から北久保町に連れていってくれぬか」

「わかりました」

民之助が大きくうなずく。それから武三に向き直り、深く礼をいった。

「いろいろとありがとうございました」

「ああ、いや、なんでもないことだよ、甘草さん」

気軽い調子でいったが、武三の顔はやや暗く沈んでいるように佐之助には見え

た。

それも当然だろうな、と佐之助は思った。かわいいせがれが、わけのわからない一件に巻き込まれているとしか考えられないからだ。

「安請け合いはできぬが――」

佐之助は武三に向かっていった。

「雄哲先生が見つかれば、必ず一之輔どのも見つかろう。武三どの、ここは俺たちを信じ、任せてくれ」

「あ、ああ」

佐之助を見つめて武三が首を縦に動かした。すぐに言葉を続ける。

「一之輔は少し素直でないところもあるが、気性はそんなに悪い男ではない。親がいうのもなんだが、かなりまっすぐな男といってよい。雄哲も、せがれのそのあたりのことを買って、きっと気に入って助手として使ってくれていたはずだ。どうか、雄哲とせがれのこと、よろしく頼みます」

武三が深々と頭を下げてきた。

「必ず捜し出し、ここに連れてくるゆえ、武三どの、待っていてくれ」

力強い口調で佐之助は武三に告げた。

診療所を出た佐之助と民之助は、足早に北久保町に向かった。

五

城が近い。

丑寅《うしとら》の方角に建っている富士見櫓は、遠目に見たときほど立派には思えなかった。二層の櫓でしかなく、天守というにはほど遠い。

「このあたりが北久保町か」

「さようです」

民之助が点頭《てんとう》してみせる。

佐之助は付近を見回した。あたりには、大身とおぼしき武家屋敷が建ち並んでいる。この大きな屋敷の群れは、川越城を守る城郭の役割となるのだ。

しわぶき一つ聞こえず、静かなものだ。かしましいのは、頭上を飛び交う雀くらいである。

だがこの武家町に足を踏み入れた途端、川越に入ってから佐之助が感じていた重苦しさが一気に増した気がした。まるで、見えない天井が下りてきているかのようだ。

　――やはりなにかあるな。

　佐之助は軽く息を入れた。

「古笹屋、俺は今からこの町で聞き込みをはじめる。そこで一つ頼みがあるのだ」

「はい、なんでしょう」

　民之助が真摯な瞳を佐之助に向けてくる。

「おぬしには、河岸付近の聞き込みをしてほしいのだ」

「わかりました。手分けをするということですね」

　佐之助に役割を与えられたことがうれしいのか、民之助が小さく笑みを浮かべた。

「もし雄哲先生が船で川越に来られたとしたら、きっと扇《おうぎが》河岸《し》で船を下りたにちがいありません」

　断ずるようにいって、民之助がすぐに言葉を続ける。

「川越には、新河岸《しんがし》川《がわ》沿いに五つの河岸があるのですが、扇河岸はその中で最も川越城下寄りの河岸です。川越に届く荷のほとんどが、扇河岸までやってきます」

「そうか。きっとおぬしのいう通りであろう」

その言葉を聞いて民之助が顎を引いた。

「倉田さま、手前は、その扇河岸の近辺で半月ほど前、雄哲先生らしい者を見た者がいないか、捜せばよいのですね」

「うむ、そういうことだ」

やはり古笹屋は頭の巡りがよいな、と佐之助は感心した。

「雄哲先生の姿を目にした者がいれば、その後、どこに雄哲先生が行ったか、手がかりが見つかるかもしれぬ」

なるほど、と民之助が相づちを打った。

「雄哲先生だけでなく、一之輔さんを見た者がいないかどうかも当たったほうがよろしいですね」

「うむ、そういうことだ」

先ほどと同じ言葉を繰り返して、佐之助は大きくうなずいた。

「古笹屋、摂津屋で落ち合おう」

「承知いたしました。では倉田さま、行ってまいります。二人の人相書をできるだけ多くの人に見ていただき、手がかりを見つけてまいります」

「頼む」

「倉田さまもどうか、お気をつけください。なにがあるかわかりませんので」

こんなことをいうなど、城下を覆う重苦しさを民之助も少しは感じているのかもしれない。

「承知した。おぬしも用心を怠るな」

「わかりました」

低頭した民之助が踵を返し、この場を去っていく。

その姿を見送ってから、佐之助は改めてあたりを見渡した。

この町で、武三の隣家の小間物売りは一之輔に似た男を見たというのだ。

――見まちがいではなかろう。

佐之助は確信を抱いている。

――この不穏な空気がその証だ。なにか事が起きておるゆえ、雄哲先生も一之輔も川越にやってきたにちがいあるまい。

一之輔がこのあたりを歩いていたとするなら、雄哲も必ず近くにいるのではないか。

武家屋敷が連なる町を佐之助は少し歩き、通りの角に目をとめた。

そこには辻番所とおぼしき建物があった。外がよく見えるように壁のない板敷きの間に、辻番らしい年老いた男が詰めていた。所在なげに煙管《きせる》を吹かしている。

佐之助が近づいていくと、辻番の年寄りは煙管を煙草盆に打ちつけた。身構えるように座り直し、佐之助をじっと見上げてくる。

「江戸から来た者だ」

辻番所の前に立ち、微笑を浮かべて佐之助は年寄りにいった。

「ほう、江戸から……」

江戸者など特に珍しくもないだろうが、年寄りはまじまじと佐之助を見た。

「江戸のお人が、こんななにもない町に、いったいなにしに来なさった」

「人捜しだ」

「ほう、人捜し……」

懐に手を突っ込み、佐之助は人相書を取り出した。

「この男を捜しておる」

佐之助は一之輔の人相書を年寄りに手渡した。

「どれどれ」

関心ありげな瞳で、年寄りが手にした人相書をしげしげと見る。

「ふむ、なにやら見たことがあるような……」

「まことか」

まさか、いきなり当たりを引くことになるとは思わなかった。佐之助は一歩、年寄りに近づいた。

「うむ、まことだ。こう見えても、わしはまだ耄碌《もうろく》しておらぬからな」

佐之助を見返して年寄りがいった。

「それはよいことだな。それでその人相書の男をどこで見たのだ」

佐之助は、詰問口調にならないように気を配った。

「ふむ、どこで見たのだったかな」

天井を見上げ、年寄りが考えはじめる。

「この町であまり見かけぬ若い男だったゆえ、辻番の性《さが》というべきか、まじまじと見た覚えがある。あれは、どこで見たのだったかなあ」

目をぎゅっと閉じ、必死に思い出そうとしている。

「――ああ、そうだ」

不意に年寄りがかっと目を開け、はたと膝を打った。

「あれは、新発田さまのお屋敷だ」

新発田か、と佐之助は思った。先ほど武三の口から名が出たばかりではないか。

「それは城代家老の新発田従五郎の屋敷か」

「そうだ。城代家老さまだ。この人相書の男が、新発田さまのお屋敷に入っていくところを、わしは見たのだ。うむ、まちがいあるまいて」

確信のある顔で年寄りがいった。顔のしわが伸び、少し若やいだ表情になったのを、佐之助は興を抱いて見つめた。

「その人相書の男を見たのはいつだ」

「さて、いつだったかな」

顎をなで、年寄りが思案する。

「あれから、まだ十日もたっておらんだろうな。七日、いや八日前か」

武三の隣家の小間物売りが、一之輔らしい男を見たときと符合する。

——一之輔が川越にいるのは、もはやまちがいあるまい。一之輔がその新発田屋敷にいるのなら、雄哲先生もきっと一緒であろう。

だがなにゆえ雄哲と一之輔は城代家老の屋敷にいるのだろうか。やはり連れ去られたのだろうか。

「ああ、こいつを返さねばいかんな」

ふといって、年寄りが一之輔の人相書を差し出してきた。佐之助はありがたく受け取った。

「この男のことを思い出してもらい、深く感謝する」

謝辞を述べて、佐之助は人相書を懐にしまい入れた。

「どうかな、わしは役に立ったかな」

佐之助をじっと見て年寄りがきいてきた。

「もちろんだ」

佐之助は首を縦に大きく動かした。

「そいつはうれしいな」

年寄りがにこにこする。

「歳を取ると、あまり人に当てにされなくなるが、こうして人の役にたつというのは格別なものがあるでな」

そういうものかもしれぬな、と佐之助は思った。

「その人相書の男はどうしたのかな」

佐之助をじっと見て年寄りがきいてきた。

「江戸からいなくなったのだ」

「それで行方を捜しておるのか。いなくなった理由はわかっておるのか」

「いや、それがいまだに不明だ」

「そうか。もう一度いうが、新発田さまのお屋敷の門をくぐっていった若者に、まずまちがいないぞ。今も新発田さまのところにおるのではないかな」

「では、新発田屋敷の場所を教えてくれるか」

「お安い御用よ」

にんまりとした年寄りが、すらすらと道順を口にした。

ほんの目と鼻の先といってよいようだが、佐之助は道順を頭に叩き込んだ。

礼をいって辻番所を離れ、年寄りに教わった通りに道を進んだ。

新発田屋敷に近づくにつれて、さらに重苦しさが増してきた。がっしりとした鎧にでも身を包んだような気分になった。

足を運ぶうちに、なにかこれ以上、進んではいけないような気がしてきた。

——俺の心がこれ以上、近づくなと警告を発しているのではあるまいか。

近寄りがたいその気配に足を止め、佐之助は道脇に立つ松の木に体を寄せた。前方をじっと見透かす。

一町ばかり先の角に見えている屋敷が、新発田屋敷のはずだ。城代家老という身分の高い者だけに、まわりの屋敷よりも一回りは広い敷地を誇っているようだ。

ここから見たところでは、屋敷にはなんの異常もなさそうだ。

だが、とすぐに佐之助は思った。

――この重苦しい気は、新発田屋敷のほうから発せられておるぞ。思い切って新発田屋敷に忍び込んでみるか。

だが、今はまだ近づかぬほうがよい、とおのれの勘が告げている。

――ここは、素直に勘に従ったほうがよさそうだ。

しばらくのあいだ、佐之助は松の木の陰を動かずにいた。

――それにしても、この重苦しい気は、どこかで似たものを感じたことがあるな。いったいどこでだったか……。

眉根を寄せて佐之助は考えた。そういえば、とさほど間を置くことなく思い出した。

——以前、風魔《ふうま》の忍びどもと戦った際に感じた気に似ておるような……。

かつて江戸を跳梁《ちようりよう》した風魔忍びたちが、うらみから将軍の命を狙う事件が起きたが、直之進と佐之助らは力を合わせ、その襲撃を防いだことがあった。それだけの手柄を立てたことで、将軍から二百両もの大金を下賜《かし》された。

その金は大事に取ってあるが、一部を使って、千勢やお咲希と暮らすために今の家を手に入れたのである。

顔を上げ、佐之助は新発田屋敷に再び目を向けた。

この川越の町を覆っている気が、果たして忍びが発しているものなのか。今のところ佐之助に確信はない。

——仮に忍びだとして、川越にそのような者がいるのか。

川越忍びなど、噂《うわさ》にも聞いたことがない。

だが、それは文字通り、聞いたことがないだけかもしれない。

もう少し近づいてみるか、と佐之助は思った。さすれば、なにかはっきりしたことがつかめるかもしれない。

今は、近寄るなと制止するような勘は働かない。ならば、進んでよいのではないか。

それに、ときおり道を通る者がいぶかしげに佐之助を見ていくのだ。ここにいつまでもいたら、不審がられて城からその手の役人が駆けつけないとも限らない。

——よし、行くぞ。

佐之助は腹を決めた。すぐに自らにいい聞かせる。

——だが、できるだけさりげなくふるまわねばならぬ。他の屋敷に用事があるような顔で、新発田屋敷の前を通り過ぎるだけでよい。決して目立つような真似をしてはならぬ。

少ないながらもこの武家屋敷町を行き交う者は、今もいるのだ。商人や僧侶、武家の奥方とおぼしき一行などである。

その者たちは、いかにも自然に歩いている。このあたりに深く横たわる不穏な気配など感じていないのだ。

あの者たちと同じように動かなければならない。

息を入れて気持ちを落ち着かせてから、佐之助は松の木の陰を出た。

急ぎ足にならないよう注意しつつ、新発田屋敷に近づいていく。

ますますあたりを覆う重苦しさが増していく。

――こいつはすさまじいものだな。

やはり新発田屋敷は、忍びとおぼしき者たちに監視されているのではないか。ほかにこれだけの気を発することができる者を、佐之助は思い浮かべることができない。

しかも、新発田屋敷を監視しているのは、おそらく一人や二人ではない。少なくとも五、六人はいるのではないか。

まちがいなく忍びの発している気であろう、と佐之助は確信するに至った。新発田屋敷を包み込む気は、やはり風魔たちが発していた気に、そっくりなのだ。ほとんど同一といってよい。

――これほどまでにすさまじい気を感ずるのは、忍びどもがこのあたりに結界を張っているからにちがいない。

結界とは、密教で修法《しゅほう》によって印《いん》を結び、一定の領域に外道や魔物などが入り込むのを防ぐことをいう。

――しかし、なにゆえ忍びが新発田屋敷に結界を張り、監視しているのか。

人の出入りを見ているのだろうか、と佐之助はまっすぐ道を歩きつつ考えた。

忍びたちが出張《でば》ってきているということは、今も繰り返されているという政争に、関係しているのだろうか。

――それ以外、考えられぬ。きっと忍びを自在に操れる者がいるのだろう。

政争のたびに、川越の忍びたちは駆り出されてきたのかもしれない。

闇討ちはお手の物だろうからだ。

一町を歩いて、佐之助はついに新発田屋敷の前に差しかかった。

おや、と内心で首をかしげる。

――新発田屋敷からも、なにやら気が発せられておるようだ。

佐之助は、ゆっくりと新発田屋敷の門前を通り過ぎた。

――どうやら、これは防御の気というべきものではないか。

忍びの者とおぼしき者が発している気とは、明らかに異なるのだ。

――新発田屋敷の者は、忍びどもからなにかを守っているということか。

そうかもしれぬ、と佐之助は思った。

もっとも、新発田屋敷の者たちが、果たして忍びとおぼしき者に取り囲まれているいることを知っているかどうか。

屋敷内から発せられている気からは、大勢の家臣たちが心を奮い立たせていることがわかった。

だが、その中に大した腕を持つ者はいないようだ。もし仮に湯瀬直之進や室谷半兵衛のような遣い手が一人でもいれば、屋敷外にいても体を圧されるような気迫が伝わってくるはずだが、そのようなものは一切、感じないのである。

不意に、監視している者たちの眼差しを佐之助は強く感じた。

――今は俺を見ているということか。ということは、忍びどものほとんどは屋敷外にいるということであろう。

新発田屋敷を通り過ぎると、佐之助は二つ目の角を右に折れた。さらに次の角をまたも右に曲がり、道をまっすぐ進んだ。

佐之助は新発田屋敷の裏手が見える側に回った。重苦しい気に変わりはない。

佐之助は、道端に立っている一本の欅《けやき》に目をとめた。

――この木に登るとするか。この木の上からなら、新発田屋敷の中が見えるかもしれぬ。

先ほどの松の木と同様、新発田屋敷まで一町ほどの距離がある。

あたりに人けがないことを確かめてから佐之助は欅に登ろうとしたが、先客がいるのに気づいた。

——忍びか。

考えてみれば、忍びが新発田屋敷を見張るのに恰好の場所を見逃すはずがなかった。

——どうやら新発田屋敷に気を取られて、俺に気づいてはおらぬようだ。

忍びといっても、さしたる腕ではないようで、倒すのはたやすいように思えたが、今ここで屠《ほふ》るのは時期尚早のような気がした。

——まだなにもわからぬのだ。敵のように思えるというだけで殺すわけにはいかぬ。

ほかに身を隠せるようなところはない。

——いったん摂津屋に戻るとするか。

そうするしか手はないようだ。佐之助はその場を離れた。

摂津屋の場所は頭に入っている。

尾行者がいないか、気をつけつつ佐之助は歩いた。

摂津屋のそばまでやってきたが、誰にもつけられていないと確信するまでは、佐之助は暖簾をくぐらなかった。なにしろ、相手は忍びなのだ。用心に越したことはない。

二階の部屋に行くと、中に人の気配がした。

「入るぞ」

佐之助は声をかけた。

「ああ、倉田さま」

その声を聞いて佐之助は襖を開けた。敷居際に民之助が立っていた。

「古笹屋、戻っておったか」

「はい、先ほど」

佐之助のために民之助が座布団を敷いた。

部屋に入った佐之助は、座布団に遠慮なく座した。武家は座布団を使わないというが、今はそんなこともない。やはり楽なほうがよいではないか。

佐之助が座ったのを見て民之助も端座する。

「さっそくきくが、古笹屋、なにか収穫はあったか」

民之助の顔が輝いているように見える。それはなにか手がかりをつかんだからではないかと佐之助には思えた。

「ございました。それで、一刻も早く倉田さまにお知らせしようと急いで戻ってまいりました」

「さっそく聞こう」

居住まいを正し、佐之助は民之助を見た。

「はっ」

唇を湿して民之助がすぐさま話し出す。

「半月ほど前、扇河岸で雄哲先生らしい人を見た人足がおりました。鮮魚を積んだ荷船から、頭を坊主にし、仕立てのよい十徳《じっとく》を着たお医者としか思えない人が下りてきて、その人足はちょっとびっくりしたそうです。それで、よく覚えているとのことでした」

「半月前か。で、その人足が雄哲先生とおぼしき人を見た刻限は」

「昼過ぎとのことでした。その人足によると、雄哲先生とおぼしきお人は荷船を下りたあと、立派な駕籠《かご》に乗って、どこかに行ったようなのです。そのこともあって、その人足は覚えていたようです」

「ふむ、立派な駕籠といったが、それは権門《けんもん》駕籠のようなものか」

「おそらくそうだと思います」

「駕籠の行方はわかっているのか」

きかれて民之助が眉を曇らせた。

「それが不明なのです」

ふむ、と佐之助はうなるようにいった。

「その駕籠は、雄哲先生の到来がわかっていて、扇河岸に差し向けられたものであろうな。その人足は、駕籠に記された家紋を覚えてはおらぬのか」

「はい、家紋のことも人足にききましたが、残念ながら、覚えていないとのことでございます」

そうか、と佐之助はいった。

「雄哲先生は一人で荷船を下りてきたのか」

「そのようにございます」

民之助が大きくうなずいた。

「人足の話では、別に無理矢理に駕籠に押し込められたわけではないとのことでございます」

やはり雄哲先生は、と佐之助は考えた。

——誰かにかどわかされたわけではなかったのだな。

熱を帯びた口調で民之助が続ける。

「さらにその立派な駕籠には、供の者らしいお侍が何人かついていたそうにございますいますいます」

「その人足は、供侍《ともざむらい》たちの着物の家紋を見ておらぬか」

新たな問いを佐之助は民之助にぶつけた。

「着物は見たそうですが、家紋についてはろくに覚えていないとのことでございます。家紋はどれも同じに見えるそうでして……」

どこか済まなそうに民之助が答えた。

「ならば、供侍の顔に見覚えはなかったのか」

うっ、と民之助が詰まった。

「申し訳ございません。そこまではきいておりません」

仕方なかろう、と佐之助は思った。

「なに、気にすることはない。見覚えのある侍が一人もいなかったからこそ、その人足は家紋についてろくに覚えておらぬのであろう」

「は、はい」

面目なさそうな顔で、民之助がこうべを垂れた。

権門駕籠に乗った雄哲先生の行く先は、と佐之助は考えた。

——城代家老の新発田従五郎屋敷なのではないか。

そうとしか思えない。

——今宵、あの屋敷に忍び込んでみるか。

目を閉じて佐之助は思案した。

——だが忍びどもの監視の目をくぐり抜け、屋敷に侵入することなどできるのか。

やってやれぬことはなかろうが、と佐之助は目を開けて思った。

——かなりの危険が伴うことになろう。

雄哲が何者かにかどわかされたのではないとほぼ判明した今、まだ忍び込むなどという無理をする必要はないように思えた。

今はまず、川越松平家家中の情勢を調べることが肝要《かんよう》ではないか。

——そうすべきだな。

心に杭《くい》を打ちつけるようにして、佐之助は決意した。

誰がこの家中の内情に詳しいのか。

「古笹屋、松平家家中についていろいろと知っている者を存じておらぬか。口が堅くない者がよいな」

佐之助は民之助にただした。

「えっ、松平さまのご家中のことに詳しく、しかも、ほどよく口が軽い人でございますか」

戸惑ったような表情になったものの、民之助は必死に頭を巡らせているようだ。あっ、という顔になり、佐之助を見つめてくる。

「一人いらっしゃいます」

「それは誰だ」

はい、と民之助が顎を引いた。

「もともと松平さまのご家中のお侍だったのですが、今はさるお寺の住職になられたお方でございます」

武家から僧職に転ずる者は、決して珍しくはない。

「住職なのに口が軽いのか」

「普段は堅いお方なのでございますが、お酒が入ると……。その住職はご家中の方に慕われておりまして、多くの人が訪ねてまいるそうでございます。以前、そのようなことを、おっしゃっておりました。ですので、松平さまのご家中について、お詳しいのではないかと思います」

古笹屋、と佐之助は呼んだ。

「すぐにその住職に会えるか」

「はい、お目にかかれるのではないかと存じます。お酒は途中で買っていきましょう」

「その住職だが、川越忍びについても知っているかな」

「えっ、忍びでございますか」

忍びなど思ってもいなかったようで、民之助が目をみはった。

「うむ、忍びだ」

北久保町でどのようなことがあったか、今度は佐之助が民之助に語った。

「えっ、一之輔さんが城代家老の新発田さまのお屋敷に入っていくのを見た者がいたのですか。しかも、その新発田さまのお屋敷を忍びとおぼしき者たちが取り囲んでいると」

「ああ、そういうことだ」

顎を引いて佐之助は認めた。

「あそこにいた忍びどもが城代家老と敵対しているのは疑いようがないが、そこに雄哲先生や一之輔がどう関わっているのか、今のところさっぱりわからぬのだ」

「はい」

「川越の松平家家中のことに限らず、川越忍びについても知ることができれば、絡み合った糸を解きほぐせるのだがな」

「ああ、そういうことでございますか」

佐之助の言葉を聞いて、民之助が納得の顔になった。

「でしたら、その住職ならば、川越の歴史にもお詳しいので、川越忍びについてもご存じではないでしょうか。――倉田さま、さっそくまいりましょう」

佐之助と民之助は連れ立って摂津屋を出た。まだ日暮れまで四半刻は優にあるであろう。

「その住職は観謙和尚《かんけんおしょう》とおっしゃるのですが、前に白子宿の槻見屋で相部屋になりましてね」

「ほう、そうか」

「互いに目当てが白子宿のお酒、その晩は二人で盛り上がりましたよ」

「それ以来の付き合いということか」

「ええ、観謙和尚と出会ったのがもう五、六年前のことですね。ええ、それから川越に来るたびにお寺に立ち寄るようになりました」

「それで酒盛りか」

「おっしゃる通りです」

途中、酒問屋で地の酒を買い、佐之助は、民之助の案内で寺町である杉原町《すぎはらちょう》に入った。

あたりは北久保町と打って変わって、寺ばかりである。静謐であるのは変わりないが、線香のにおいが濃く漂っている。読経《どきょう》の厳かな声も聞こえてくる。

町に入ってほんの半町も行かないところで民之助が足を止めた。

「あれ」

道の左側を見て民之助が頓狂《とんきょう》な声を上げた。

「お寺さんがなくなっている……」

民之助の呆然とした眼差しの先を、佐之助は追った。

確かに以前はそこに、さして大きくない寺があったようだ。

狭い境内《けいだい》を巡る土塀の内側には山門も本堂も見当たらない。

「古笹屋、この寺は火事で焼け落ちたのではないか」

土塀の上のほうに、火で焦げたと思える跡がいくつもあるのだ。

ちょうどそばを通りかかった人に、民之助が声をかけた。

近所の女房のようだ。

「あの、こちらのお寺さんはどうしてなくなってしまったのですか。火事ですか」

「ええ、たいへんでしたよ」

女房が悲しげに答えた。

「本堂も庫裡《くり》も山門も鐘楼《しょうろう》も、全部燃えてしまったんです」

「住職の観謙さんはどうされました」

瞳に必死の思いを宿して、民之助が女房にきく。

「観謙さんは助かりましたよ」

「ああ、それはよかった」

「でも、重いやけどを負いましてね、今は江戸のお医者にかかっているはずです」

「えっ、江戸ですか」

「はい。観謙和尚は川越夜船《かわごえよぶね》に乗って、江戸に行かれました」

川越夜船は夕方川越を発って、翌日の昼に浅草の花川戸に着く船便である。

「ああ、川越夜船で。そうでしたか」

民之助が唇を嚙み締める。

「火事があったのはいつです」

「三月《みつき》ばかり前ですよ。観謙さんは一人暮らしでしたし、近所への延焼もなかったので助かりましたよ。死人はおろか、ほかに怪我人も出なかったのが、不幸中の幸いでした」

観謙という住職が無事なのはよかったが、と佐之助は思った。

――家中の内情について、話を聞ける者がいなくなってしまったな。

そろそろ日暮れである。摂津屋に引き上げるしか手立てはなかった。

第四章

一

酒を飲みたいが、飲んだら負けだと雄哲は知っている。

川越に来て半月以上たったが、そのあいだ、ずっと酒は断ってきた。

飲める状況ではないのだ。

眼前の布団に横たわっている女性《にょしょう》は、明日をも危ぶまれているのだ。一瞬たりとも気を緩めることはできない。

もし酒を飲んだら、まともな手当はできなくなるだろう。

いや、その前に、いぎたなく眠りを貪《むさぼ》ってしまうにちがいない。

その瞬間、八重は腹の子ともども、あの世行きであろう。

今も薄氷《はくひょう》の上を渡っているような際どさである。

もし雄哲が手立てを少しでも誤れば、薄氷は割れ、八重は冷たく深い水底に沈んでいくにちがいない。

かたわらでは鉄瓶がしゅんしゅん湯気を上げており、部屋の中は暑いくらいだ。首から下げた手ぬぐいで、雄哲は額に浮かんだ汗を拭いた。

「先生、八重さまは助かりましょうか」

顔を近づけて、一之輔が小声で語りかけてきた。こちらも手ぬぐいを首に巻いている。

その心配そうな顔が、雄哲にはどこか幼く見えた。

――こんなふうに一之輔のことが見えるなど、わしには余裕があるのかな。よくわからない。少なくとも、あきらめの境地ということは決してない。

――なにしろ、わしは執念深いからな。決してあきらめはしない。最後の最後まで力を尽くしてやる。

「必ず助けるさ」

にやりと笑って、雄哲もささやくような声音で答えた。

声を潜めているのは、城代家老の新発田従五郎から、屋敷内に忍びの者が入り込んでいるかもしれぬ、といわれているからだ。

川越に忍びがいるのかと、初めてその話を聞いたときは半信半疑だったが、従五郎はあくまで真顔を崩さなかった。

いまだに信じてはいないが、雄哲は一之輔と話すとき、できるだけ声を潜めて話すようにしている。

もし万が一、本当にこの屋敷内に忍びが入り込んで聞き耳を立てていたら、ここに八重がいることを教えてしまうことになる。

八重の居場所を特定されぬよう、従五郎は新発田家の下屋敷にも、さも八重がいるかのように人数を割いているらしい。

なにしろ、敵は八重の命を狙っているのだ。それゆえ、でき得るかぎりの手筈を整え、用心に用心を重ねているのだ。

この屋敷に八重がいることが敵に知れたら、一気に討ち入ってくるとまで従五郎はいっている。

ふう、と息を入れて雄哲は一之輔を見た。

「なんとしても八重姫を助けなければ、わしがここに呼ばれた甲斐がない。この間の手当も、水泡に帰する。意地でも助けてみせるさ」

その自信たっぷりな雄哲の言葉を聞いて、一之輔がほっとした表情を見せる。

わずかに笑みも漏らした。

「どれ、脈を診《み》ようかな」

昏睡中の八重に語りかけて、雄哲は青白くてか細い手首をそっと握った。それでも八重は目を覚まそうとしない。こんこんと眠り続けている。

「ふむ、脈は落ち着いておるな」

この分ならば、と雄哲は思った。

――容態が急変するようなことは、まずあるまい。

もちろん油断はできない。

――だが、これならば、わしも少し眠っても構わぬのではないだろうか。

「一之輔、ちと眠ろうと思う」

八重の手を布団の中に戻してから、雄哲は一之輔に告げた。

「四半刻たったら起こしてくれ」

「わかりました、四半刻ですね」

一之輔が首肯した。

「必ずだぞ」

強い口調で雄哲は念を押した。

「もう少し寝かせてやろうなどと思う必要はない」

「承知いたしました。必ず四半刻後に先生を起こします」

「それでよい。それから一之輔、もし八重姫の容態が少しでも変わったら、すぐに知らせるのだ」

「わかりました」

きっぱりと答える一之輔に眼差しを当ててから、雄哲は少し横に動いて、壁にもたれかかる。

本当は布団の上で眠りたいが、横になったら、ぐっすりと寝込んで四半刻では決して起きられないだろう。

ふう、と軽く息をついてから雄哲は目を閉じた。

――ああ、このまま眠れたらどんなに幸せだろう。

しかし、そういうわけにはいかない。

――八重姫の運命はわしの手に委《ゆだ》ねられているのだからな。

すぐに眠れるかと思ったが、気持ちが高ぶってなかなか寝つけない。

こういうときはどうすれば眠れるか。

雄哲は一つ手立てを持っている。

自分が矢の射手となり、十間ほど先の的を次々に射貫いていくのだ。

そうすると、いつの間にか眠っていることが多い。

今度もそれを試みた。

だが、いくらやっても眠れない。目は冴えたままだ。

——よし、別の手立てを考えるか。

なんの考えも浮かばない。

仕方なく、これまでなんのつながりもなかった川越松平家の新発田従五郎屋敷になにゆえ来ることになったか、雄哲はその経緯を最初から思い返すことにした。

そうすれば、その途中できっと眠りに落ちるのではないかという気がする。

雄哲のそばで昏睡している八重は従五郎の娘で、川越松平家の当主である斉克《なりかつ》の側室となった。いま斉克の子をはらんでいる。もちろん、男女どちらが生まれるかなど、まだ誰にもわからない。

だが、斉克の子をはらんだことで、八重は毒を盛られたのだ。

誰が盛ったのか、従五郎は知っているようだが、それを話そうとしない。

しかし、半月もいれば、家中の事情はだいたいのみ込めてくる。

今の川越松平家はとにかくきな臭いのだ。

ただいま、病で昏睡状態にある川越城主の斉克は、もともと病弱だった。正室のほかに、側室も何人かいたが、長いこと、子ができなかった。

だが、斉克は新たにやってきた側室の八重を深く寵愛《ちょうあい》した。そして、奇跡のように八重は懐妊したのだ。

八重の懐妊をおもしろくないと思っている男がいる。

斉克の弟の庸春である。

実際、斉克はこの弟に家督を譲ると明言したらしく、庸春は川越松平家の跡継ぎと目されている。

しかし、まだ幕府に正式な家督継承者として届けが出されているわけではないようだ。

もし斉克に男の子が生まれることで兄の気が変わり、跡継ぎの座を失うようなことになったら、庸春にはことである。

当主に実子ができたことで廃嫡《はいちゃく》された跡取りなど、大名家に限らず、枚挙《まいきょ》に暇《いとま》がないだろう。

廃嫡を恐れた庸春が手の者に命じて、八重に毒を飼ったらしいのだ。

八重に毒を飼ったのは、どうやら斉克の御典医のようだ。毒を盛られたとき、八重は川越城内の奥御殿にいたが、いきなり昏睡に陥ったらしい。

その知らせを殿中の者から受けた従五郎は、このままでは娘の命が危ないと覚り、自ら奥御殿に乗り込み、八重を担ぎ出してきたという。

自分の屋敷に八重を引き取ったものの、娘は重篤だった。

川越の医者では手に余るばかりか、また毒を盛られかねない。八重の目を覚ますことはできないだろう。

なんとかせねば。

娘を救いたい一心で、従五郎は必死に頭を巡らせた。

そういえば、と脳裏をよぎっていったことがあった。

城下の町医者である井出武三が、天下の名医である雄哲のもとにせがれを医術修業に出したと、いっていたではないか。

雄哲といえば、天下に隠れもない名医。元老中首座の水野伊豆守の御典医だった男ではないか。

川越出身の者が助手として仕えているなど、僥倖《ぎょうこう》としかいいようがない。

このお方しかいない、と従五郎は心にかたく決めた。

すぐさま従五郎は、秀士館の一之輔宛に文を書き、早飛脚にそれを託した。

会ったこともない川越の城代家老である新発田従五郎からいきなり文をもらって、一之輔は面食らった。

それでも、ことの重大さを理解してすぐに従五郎からの文を雄哲に見せた。

その文には、是非とも雄哲先生に娘を診てほしいと書かれていた。

正直、雄哲は厄介事が巡ってきたな、と思った。これまで老中首座の御典医をつとめて、大名家の汚い政略や政争を嫌というほど見てきた。

今度の川越松平家のことも、政《まつりごと》にからむ厄介事と同じとしか思えなかったのである。

しかし、そうはいっても医者の端くれ。患者のことはさすがに気にかかった。文に書かれた容態からして、毒を飼われたのは明白だった。

――どうする。

行くしかあるまい、と雄哲は依頼を受ける決意をした。

どの薬を川越に持っていけばいいか、冷静に考えた。

薬の強さでは例を見ない、徳験丸しかあるまい、という結論に達した。

徳験丸はとにかく解毒の力が強いのだ。

それで、雄哲は古笹屋民之助に徳験丸が手に入らぬか、すぐさまたずねた。

ほかならぬ雄哲の頼みということもあり、民之助は必死に探してくれたようだが、少なくとも江戸には徳験丸がないことが判明した。

民之助は、川越の薬種問屋の和語絵歌屋にも飛脚を出して問い合わせてくれた。

だが、和語絵歌屋から返事がくる前に、従五郎から催促の文が一之輔のもとに届いたのである。事は急を要する。

徳験丸があるかもしれない和語絵歌屋が川越にあり、危篤に陥った八重も川越にいるのだ。

もし徳験丸が和語絵歌屋にあれば、儲けものではないか。

それで雄哲は一人で川越に赴くことにしたのだ。

事情が事情だけに、誰にも話すわけにはいかない。

自分を訪ねてくる者すべてに、雄哲は友垣の見舞いに品川に行ったといっておくよう一之輔にいい含めて、一人、川越に向かったのである。

だが、さすがに川越まで歩くのは辛く、前に使ったことのある鮮魚を運ぶ荷船に乗り込んだのだ。

——なにも知らせずに、武三には悪いことをしたかな。

雄哲は、一之輔の父で友垣の武三のことを思った。

——いや、これでよかったのだ。

武三にも、川越にやってきたことは秘していた。下手に話せば、こたびの一事に武三を巻き込みかねない。

ようやくうつらうつらしはじめた。

——よし、これで眠れそうだぞ。

と思った瞬間、肩を揺さぶられた。

——誰だ、これからというときに。

「先生、刻限です」

——なんだ、なんのことだ。

「先生、四半刻がたちました」

——四半刻……。

はっ、として雄哲は目を覚ました。眼前に心配そうな一之輔の顔がある。

「あ、ああ」

雄哲は、もたれていた壁から背中を引きはがした。

「先生、少しはお眠りになりましたか。起こすのは悪いと思ったのですが、起こさねば八重さまが……」

背筋を伸ばし、雄哲はしゃんとした。

「いや、悪いなどということはないぞ、一之輔。よく起こしてくれた」

雄哲は、八重が寝ている布団ににじり寄った。

美しいが、顔色がかんばしいとはいえない寝顔を凝視して、寝息が荒くなったりしていないことを確かめた。

それから雄哲は八重の脈を診た。

こちらも四半刻前と同じで、落ち着いている。不規則になったりはしていない。

――ふむ、変わったところはなさそうだな。

ほっと息をつき、雄哲は八重の腕を布団の中に戻した。

――しかし、こんな調子では、わしの寿命が縮むな。長生きなど望めんわ。

思わず顔がゆがんだ。

「いかがですか」

案じ顔の一之輔が、八重の容態をきいてきた。

鉄瓶からは相変わらず、しゅんしゅんと湯気が上がっている。そのせいで、一之輔の額に汗が浮いていた。

雄哲は自分の手ぬぐいで一之輔の汗を拭いてやった。

「ああ、済みません」

「いや、よい」

部屋を暖かくしているのは、八重の体を冷やすわけにはいかないからだ。

八重がなんという毒を飲まされたのか雄哲にはわからないが、これまでの経験から、毒にやられた者は、体がひどく冷えていくものなのだ。

だから、部屋の中を暑くして体温をできるだけ下げないようにしなければならない。

「ああ、先生、お茶をどうぞ」

一之輔が、茶托にのった湯飲みを雄哲の前に置いた。

「ああ、済まぬ」

湯飲みを取り上げ、雄哲は茶を喫した。

――うむ、濃くて苦いな。これでよい。

苦いくらいが頭をすっきりさせるのにはちょうどよい。だから雄哲は、できるだけ濃くいれるように一之輔にいってあるのだ。

茶托に湯飲みを置いて、雄哲は一之輔にいった。

「さしてよくもなっておらぬ」

「えっ、ああ、さようでございますか」

八重をちらりと見て一之輔が少し残念そうにした。

「今のところ、角伴丸《すみともがん》が効いており、一進一退を繰り返しておる」

角伴丸も肝の臓の薬で、徳験丸には及ばないものの、解毒の力は強い。

今は角伴丸の薬効で、なんとか八重は小康《しょうこう》を保っているのである。

「一之輔――」

また茶を飲んで、雄哲は呼んだ。

「日が昇ったら、今日は和語絵歌屋に行ってもらうことになろう」

「はい、わかりました」

「昨日もいったが、そろそろ和語絵歌屋に徳験丸が届くのではないかと思うのだ」

川越にやってきた当日、迎えに来ていた駕籠に乗った雄哲は新発田屋敷に赴く前に薬種問屋の和語絵歌屋に寄り、徳験丸の在庫がないかどうか確かめたのだ。

残念ながら在庫はなかったが、上方《かみがた》の薬種問屋から最近、和語絵歌屋に届いた目録に徳験丸が載っていたと、番頭がいったのである。

即座に雄哲は、徳験丸を取り寄せてくれるよう番頭に頼んだ。

徳験丸は高価な薬である。秀士館を出るときに雄哲は十両ほどを持参してきたが、それだけでは足りなかった。

前金として所持金のすべてを番頭に渡し、残りは、徳験丸が届いたときの後金にしてもらった。

その旨はすでに従五郎に伝えてあり、前金はもとより後金も従五郎に出してもらう手はずになっている。

あのとき和語絵歌屋の番頭は、八月十七日に届きます、とはっきりといったのだ。

あの言葉通りなら、今日、徳験丸が和語絵歌屋に届くはずなのだ。

——徳験丸さえ手に入れば、八重は必ず助かる。

雄哲が長崎に遊学したときに知った蘭方薬である。

解毒の力がとにかく強力で、漢方には徳験丸ほど強い効き目を持つ薬はない。

徳験丸ならば、どんな毒であろうと、必ず体の外に出してしまうにちがいない。肝心なのは、細心の注意を払って処方することだ。

――今日、和語絵歌屋に予定通り徳験丸が届けばよいが……。

雄哲は祈るような気持ちで目を閉じた。

二

夜のとばりがゆっくりと上がっていく。

いま佐之助は欅の木の上である。

そこから、一町ほど先に見えている新発田屋敷の裏手を見張っているのだ。

もし人の出入りがあるなら、きっと裏口だろう、と佐之助は踏んでいるのである。

宿の者にいって筵《むしろ》を借り、それをいま頭からかぶっている。

欅はもともと葉をたっぷりと茂らせる木だが、こうすれば、明るくなっても、道行く者に姿を見られることはないのではないか。

佐之助としては、もっと近いところから新発田屋敷の監視をしたかったが、今日も忍びどもが結界を張っているのである。

重苦しい気は、相変わらずこのあたりをすっぽりと覆っている。

今日は忍びどもの前に姿をさらさぬほうがよい、と佐之助は決意している。

昨日このあたりをぶらぶらとうろついていた男がまたあらわれたとなれば、忍びどもが一斉に警戒の念を抱いて佐之助を見るのは自明のことだからだ。

今日は昨日よりもなおのこと慎重に動く。佐之助はそう決めている。


なにごともなく時が過ぎていく。

川越の町はすっかり明るくなった。

今日も富士見櫓が見えている。城に向かう松平家の家臣たちの姿が目につくようになってきた。

誰もがうつむき加減に歩いている。欅の木の上にいる佐之助に気づく者は一人もいない。

――人というのは、頭上に注意を払わずに生きているのだな。

そんなことを佐之助は思った。

――それにしても腹が減ったな。

だが、腹に入れるものはなにも持っていない。握り飯一つないのだ。

昨日の深更《しんこう》に外に出ようとする佐之助に向かって、宿の者に握り飯をつくってもらいましょうか、と民之助が声をかけてくれたのだが、いらぬと佐之助は断ったのだ。

そのときの刻限は深夜の八つ過ぎで、俗にいう丑三《うしみ》つ刻《どき》だった。

そんな刻限に宿の者を働かせるわけにはいかないと思い断ったのだが、今はつくってもらうべきだったな、と空きっ腹を抱えて佐之助は後悔している。

――まさしく俺のへまだ。そうである以上、ここは我慢するしかあるまい。

水は持っている。水の入った竹筒を腰からぶら下げているのだ。

それを飲んで空腹を紛らしてもよいのだが、そうすると、きっと小便をしたくなってしまうだろう。

欅の木の上から小便を垂れ流すのは、できることなら避けたい。

気を紛らわせるために、佐之助は千勢とお咲希のことを考えた。

――手習所から戻ってきたとき、俺が川越に行ったと千勢から聞かされて、お咲希はどう思ったのだろうか。

物わかりのよい子だから、おとなしく千勢の言葉を聞いたにちがいないが、きっと今も寂しくてならないのではないか。

佐之助も、千勢やお咲希に会いたくてならない。きっとお咲希も同じ気持ちであろう。

――お咲希、待っておれ。俺はじきに帰るゆえな。土産《みやげ》も買って帰ろう。

佐之助は欅の上から新発田屋敷を眺め続けた。

そういえば、と気づいた。

――新発田屋敷のあるじの行列が一向に出てこぬな。

城代家老という要職にありながら、城に出仕せぬということはあり得るのか。

それとも、今日は非番なのか。

ちがうな、と佐之助は思った。

――きっとなにか理由があり、新発田従五郎が出仕できぬだけではないか。

それは、忍びたちが結界を張っていることに関わりがあるのだろう。

松平家中の内情について詳しいことを聞ければ、いったいなにが起きているのか、ある程度の推測もつくのだが、摂津屋の者も、殿さまの斉克が重病で臥《ふ》しているとの噂があるくらいしか知らなかった。

——殿さまが病に倒れると、それに乗ずる者が必ず出てくるものだ。

御家騒動が起きかけているのではないか。いや、もう勃発したということか。

——もしや、斉克という殿の治療に当たるために、雄哲先生は川越に呼ばれたのか。

そうかもしれぬ、と佐之助は考えた。

雄哲が着いた扇河岸に駕籠が差し向けられるなどという丁重な扱いも、殿さま絡みならば納得がいくというものだ。

だがそれなら、なにゆえ新発田屋敷に一之輔らしい男が入っていったのか。

一之輔が今も新発田屋敷にいるのなら、雄哲も一緒のはずだ。もし殿さまの治療に当たるのであれば、城の御殿なのではないか。

あるいは一之輔は、ただ用事があって新発田屋敷に入っていっただけで、今はもういないのかもしれない。

今頃は城の御殿にいるのか。

いや、そうではなく、斉克が新発田屋敷にいるというようなことはないだろうか。

考えられないことはない。殿さまを害そうとする者が殿中にいないとは限らないか。

いのだ。

だが、なんとなく佐之助は釈然としない。

――なにかが微妙にずれていて、しっくりこぬ。

まだ正解にたどりつけていないのである。

すでに、下の道を行く人影は途絶えている。出仕の刻限はとうに過ぎたのだ。

まるでそのときを見計らったかのように、裏口のくぐり戸が開いた。

それを佐之助は目の当たりにした。

――おっ。

すぐさま佐之助は目をみはることになった。

くぐり戸を出てきた男が、一之輔に見えたからだ。人相書を取り出すまでもなかった。

やはり一之輔は川越に来ており、新発田屋敷にいたのだ。

うつむき加減で少し疲れているように見えるが、足取りは軽い。

こちらに向かって歩いてくる様子は、まるで久しぶりの他出を喜んでいるお店《たな》者《もの》のようだ。

新発田屋敷を見張っていた忍びどもも、一之輔があらわれたことに驚いたらしく、かすかなざわつきが波として佐之助のもとに寄せてきた。

——これだけ露骨に気配をあらわにしてしまうとは、川越忍びの腕はさしたることはないな。

やはり、太平の世の忍びでしかないのだろう。

それにしても、と眼下を近づいてくる一之輔を見つめて佐之助は思った。

——いったいどこに行こうというのか。

かぶっていた筵を佐之助は静かに取り、そっと枝にかけた。

——一之輔のあとをつけ、雄哲先生のことをきかなければならぬ。

すぐさま欅を下りようとして、佐之助はとどまった。ほかにも、一之輔を尾行しはじめた者がいたからだ。

どこからあらわれたのか、小間物売りの行商人と蔬菜売りの百姓の形《なり》をした二人の男である。

二人とも足の運びが尋常ではない。

あやつらも忍びだな、と佐之助は二人を見て思った。

以前、戦った風魔の末裔《まつえい》とよく似た雰囲気を二人はまとっている。

二人に、ただちに一之輔を害そうという気はないようだ。殺気らしいものは発していない。今はただ、あとをつけているだけらしい。
――一之輔がどこに行くのか、確かめるつもりだな。
当然のことながら、一之輔は忍びの者の尾行に気づいていない。
――さて、どうするか。
佐之助は思案した。
このまま手をこまねいているわけにはいかない。
一之輔がどこに行くのか、佐之助としても確かめる必要がある。
しばらく欅にとどまり、佐之助は二人の尾行者の姿が遠くなるのを待った。
結界を張っている者たちの目が、一之輔からようやく外れたのを感じた。
――よかろう。
決断した佐之助は素早く欅を下りた。それに気づいた忍びの者は一人もいないはずだ。
そのことを佐之助は確信している。
道に降り立ち、足早に歩いた。
すぐに二人の尾行者の姿を目で捉えた。
今のところ、佐之助から一之輔の姿は見えないが、どうやら西に向かって足早に歩いているようだ。

北久保町を抜けると、風景は一変した。武家屋敷が一軒もなくなり、町屋が密集している町に変わったのだ。

この広い町地がなんという町かは知らないが、道がまっすぐになったことで、佐之助の瞳にも一之輔の後ろ姿が映り込んだ。一之輔まで距離は半町もない。

道の両端に分かれて歩いている二人の尾行者は、一之輔と五間ほどを隔てている。

なんとなく背後が気にかかり、佐之助は後ろを振り返った。

自分をつけてきている者はいない。

――この俺が気づかぬほど気配を消せる者があれば、これまで見たこともないような手練であろう。そんな者がいれば、戦っても俺に勝ち目はあるまい。

だが、結界を張っている者たちに、それほどの業前を持つ者は一人もいなかった。そのことはまず疑いようがない。

つと一之輔が道を折れたのが、佐之助の目に飛び込んできた。

いや、そうではない。一之輔は暖簾を払って、一軒の店の中に入っていったのだ。

二人の尾行者は、店から少し離れたところで足を止めた。

籠《かご》を背負った百姓が体《たい》を返し、いま来たばかりの道を戻りはじめる。

――なんのつもりだ。

目を向けることなく、佐之助は百姓の形《なり》をした男を見やった。

うつむきながら男は道を足早に歩いてくる。

いま佐之助とすれちがった。

佐之助は男を振り返ることも、ちらりと眼差しを向けることもしなかった。

そんなことをしたら、必ず覚られよう。それくらいの鍛錬はしているように感じた。

――今の百姓男は、一之輔がどこに入ったか、仲間に知らせに行くのではないか。

それとも、仲間に加勢を頼みに行く気か。

その両方かもしれぬ、と佐之助は思った。さりげなさを装い、一之輔が入っていった店に慎重に近づいていく。

立ち止まることなく佐之助は、一之輔が入っていった店の看板に目を当てた。

――おっ、ここは。

和語絵歌屋と看板に出ている。徳験丸を扱っている薬種問屋である。

――なにしに一之輔は来たのか。

考えるまでもなかった。

――徳験丸に決まっている。

一之輔は、徳験丸を受け取りに来たのだ。

――やはり新発田屋敷には病人がいるということか。

それは誰なのか。

川越城主の斉克か。

それとも、別の者か。

和語絵歌屋に徳験丸の在庫がないことは、民之助がすでに確認済みである。

一之輔がこの店に来たということは、と佐之助はさらに考えを進めた。

――昨日か今日、和語絵歌屋に徳験丸が届いたのかもしれぬ。

一之輔は和語絵歌屋に入ったきりだ。すぐに出てくるものか、はっきりしない。

和語絵歌屋から十間ほど離れた斜向《はすむ》かいに、一軒の茶店があるのに佐之助は気づいた。そこに入って待つか、と考えた。

――その茶店で、一之輔が出てくるのを待つのも悪くない。

団子、饅頭と染め抜かれた幟《のぼり》が風に翻っている。

正直、その幟に心惹かれたのだ。実際、佐之助は腹の虫が盛大に鳴いたのを聞いた。

――よし、入るか。

茶店に向かって佐之助が足を踏み出しかけたとき、背後で人の気配が動いた。

振り返って見ると、満面に笑みを浮かべた一之輔が和語絵歌屋から出てきたところだった。

一之輔は紙包みを大事そうに抱えている。来た道を弾むように戻りはじめた。駆け出しそうになるのを、なんとか抑えているような感じである。

――あの紙包みの中身は、徳験丸だな。

一之輔は喜びに打ち震えているようにすら見える。

徳験丸を手に入れ、うれしくてならないのだ。一刻も早く雄哲に徳験丸を渡したいのではないか。

――病人は誰なのだろう。

佐之助がそんなことを考えたとき、先ほどまで近くにいたはずの小間物売りの姿が消えていることに気づいた。

――やつはどこに行った。

つと十間ほど離れた左手の路地から、一人の男が出てきた。深編笠《ふかあみがさ》をかぶった虚無僧《こむそう》である。

佐之助の目がその虚無僧に引きつけられる。足の運びが尋常ではないからだ。

――あやつも忍びだ。

すぐにどういうことか、佐之助は解した。

――あやつ、先ほどの小間物売りではないか。

きっとあれこそ、忍びの者が得手とする早変わりというものであろう。

――初めて目にしたぞ。

虚無僧は二十間ほどを隔てて、一之輔のあとをつけていく。一之輔がどこに戻っていくか、すでに見当がついているらしく、往きよりも距離を空けている。

確かに、一之輔が新発田屋敷以外に行くとは考えられない。

佐之助は、虚無僧のさらに後ろをついていった。自分にも早変わりが必要だった。

もし虚無僧が後ろを振り返ったら、先ほど後ろをついてきた侍が、またしてもついてきていると覚られてしまうではないか。

いつ気づかれるものか、と佐之助はひやひやしながら歩いた。

――いや、今となってはあの忍びは邪魔者でしかない。倒し、一之輔から話を聞くべきではないか。

そうするか、と佐之助は考えた。実際、虚無僧の形《なり》をした忍びは、大した腕を持っていそうにない。

だが、襲いかかるにしても、もう少し人けがなくならないと無理だった。

――よし、北久保町に入ってからだ。

佐之助は心に決めた。

そして道は北久保町に入った。

人けが嘘のように消えた。

――よし、行くぞ。

足早に歩いた佐之助は、虚無僧との距離を一気に詰めた。

虚無僧は一之輔に気を取られているのか、佐之助に気づく気配はない。

佐之助は虚無僧に当身《あてみ》を加えて、気絶させるつもりでいる。

だが、その前に一之輔が忍びとおぼしき者どもに囲まれるのを佐之助は目の端に捉えた。

忍びとおぼしき者どもは七人である。

いきなりのことで、一之輔はびっくりしている。わなわなと震えながら七人の男たちを不安げに見つめている。

先ほどまでのうれしそうな様子は、風に飛ばされたように消えていた。

七人の忍びは、町人や商人、浪人、僧侶といった身なりをしている。忍び装束に身を固めている者など一人もいない。

着慣れたように見えるから、普段もあんな恰好をしているのだろう。

虚無僧は余裕のある足取りで、仲間たちに加わろうとしている。

足音を殺して背後に忍び寄った佐之助は、虚無僧の腎の臓があるとおぼしき場所に拳を食らわせた。

昨日、武三が民之助の腰を揉んだときに民之助がひどく痛がったように、そこは急所の一つなのだ。

ぐっ、とうめき声を上げて虚無僧の形をした忍びが、佐之助のほうを振り向いた。右手で深編笠を上げて、何者にやられたのか、確かめようとしている。

深編笠が上がったのを見計らい、佐之助は肘《ひじ》を突き上げた。

がつっ、と音がし、うぅぅ、とうなるような声を発して忍びががくりと膝を折り、その後、地面にくずおれた。

そこまで見届けることなく、佐之助はすでに地を蹴り、一之輔に向かって走っていた。

相手は七人の忍びだ。

素手で戦える相手ではない。駆けつつ佐之助は腰の刀を引き抜いた。

一之輔を取り囲んでいる七人の狙いは、明らかに紙包みだった。中身が徳験丸と知って、力ずくで奪おうとしているのではないか。

佐之助は、勢いよく敵の輪の中に突っ込んでいった。

目の前に迫った男の背中めがけ、容赦なく刀を振り下ろす。

佐之助に、男を斬る気はない。

——この忍びどもは、万が一だが、雄哲先生の味方かもしれぬ。本当の敵は一之輔ということもあり得るのだ。

だから佐之助は斬撃をわざと鈍くした。

おっ、と驚愕しつつも、男がするりと佐之助の斬撃をかわしてみせた。

七人の男たちが隠し持っていた得物《えもの》を次々に取り出し、身構えた。

「きさまら、盗人か。なにゆえこの男の紙包みを奪おうとしているのだ」

一之輔の前に立って、佐之助は七人の男に向かってただした。

だが、七人の男から応《いら》えはない。

やはりこやつらは悪者なのだな、と佐之助は思った。

——だが、おそらく上の者から命じられているだけだろう。こやつらは伊賀者《いがもの》でいうところの下忍に当たるのかもしれぬ。

下忍というのは昔から、使い捨てにされるものと決まっている。

——哀れな。

できるなら斬りたくはないが、相手が七人となるとそうもいかない。

——斬ってこちらの本気を見せぬと、切り抜けられぬかもしれぬ。

「一之輔、怪我はないか」

佐之助は顔を前に向けたまま背後の一之輔に語りかけた。

「あ、あの、お侍は……」

震え声で一之輔がきいてきた。

「雄哲先生の友垣だ」

「えっ、ああ、さようにございますか」

「雄哲先生は新発田屋敷にいるのか」

それには一之輔は答えようとしない。まだ佐之助のことを警戒しているようだ。

――これは雄哲先生の教えか。

ここまで警戒するとは、雄哲と一之輔は、よほど深刻なことに巻き込まれているようだ。

「俺は、秀士館で剣術の師範代をつとめている。名は倉田という」

「はあ」

「おぬし、湯瀬直之進となら面識があろう。おぬしと何度か、雄哲先生の部屋で会っているはずだ。あの男、右腕を雄哲先生に診てもらおうとしていたはずだ」

ここまでいえば、さすがに自分に対する疑いは晴れるのではないか。

「はい、確かに雄哲先生は新発田さまのお屋敷にいらっしゃいます」

ほっとしたように一之輔が小声でいった。

「元気にしているか」

刀を構えたまま佐之助は一之輔にたずねた。

「はい。ただ、ずっと不眠不休が続いておりまして、かなりまいっていらっしゃいます」

「そうか」

詳しい話はこの場を脱してからだな、と佐之助は思った。

「きさま、何者だ」

日焼けしているのか、ずいぶんと黒い顔をした男が佐之助にきいてきた。目の前のこの男は僧侶の形をしている。

「この一之輔という男とはちと縁があってな、窮地を見過ごすわけにはいかぬのだ」

「邪魔立てするなら、こちらにも覚悟があるぞ」

声に凄みをにじませて色黒の男がいう。

「ほう、殺すというのか。斬られてもいいという覚悟があれば、かかってくるがよい。きさまらは忍びであろう。だが、俺は忍びを何人も斬り捨てたことがある」

佐之助は音吐《おんと》朗々《ろうろう》たる口調でいった。

「きさまら、逃げるのなら今のうちだ。さすれば、俺は追わぬ。見逃してやる」

「ほざくな」

吼《ほ》えるようにいって、色黒の男が抜刀するや斬りかかってきた。

佐之助はその斬撃をかわさず、すっと前に出た。男の斬撃がさして速くないことを見抜いていた。佐之助は、下から刀を振り上げていった。

男の斬撃が届く前に、佐之助の刀は色黒の男の脇腹を斬り裂いていた。

ぐっ、と息の詰まったような声を発し、男が錐揉《きりも》みするように倒れていく。流れ出した血が、袈裟を濡らしはじめている。

「おのれっ」

今度は、商人《あきんど》の形をしている男が突っ込んできた。間合に踏み込むや、脇差を佐之助に突き出してきた。

それを刀でびしりと弾き返し、佐之助は男の太ももを狙って刀を振り抜いた。

男の足に刀がすっと入ったのが見えた。

その次の瞬間、着物の切れ目から血が噴き出してきた。

うう、とうめいて男が片膝をつく。

それを見た残りの五人の忍びたちに動揺が走った。

今だ、と佐之助は思った。

――この好機を逃すわけにはいかぬ。

「こっちに来いっ」

佐之助は怒鳴るや、一之輔の尻をはたくようにして、新発田屋敷があるのとは逆の方向に走らせた。

二人を斬ったとはいうものの、相手はまだ五人も残っているのだ。相手の力量は大したことがなさそうだが、今は一之輔を守ることが先決だ。

忍びたちがひるんだ隙に、一之輔を連れてひとまず逃げるほうがよいと佐之助は判断した。

我に返ったらしい忍びたちが、佐之助たちに追いすがってくる。走るのはさすがに忍びたちのほうが速い。

「止まるな、走れ」

佐之助は、前を走る一之輔に怒鳴るようにいった。とにかく人が大勢いるところに行かねばならない。

背後から襲いかかってきた忍びの一人に、佐之助は右手を振るった。佐之助の刀はまともに男の右肩に入った。そのまま袈裟懸《けさが》けに斬り下げる。

血しぶきがざざっと音を立てて上がり、男が一瞬で佐之助の視界から消えていった。

――今の男は助かるまい。

一人を容赦なく斬り捨てたせいで、忍びたちの追撃がわずかに緩んだ。

その隙に佐之助はさらに足を急がせた。一之輔も必死に走っている。

風を切ってなにかが飛来した。手裏剣《しゆりけん》だ、と佐之助は直感した。振り向き、飛んできた三本の棒手裏剣を、刀で続けざまに叩き落とした。

そうしておいてから再び走り出す。

またも手裏剣が飛来した。今度は五本だ。それも佐之助はすべて刀で弾き返した。

やがて武家屋敷が切れ、多くの人出で賑わう大通りに出た。

それを突っ切り、佐之助たちは町地に一気に入り込んだ。

町地の通りにも、大勢の町人たちが行き交っていた。

佐之助が血刀を手にしているのを見て、数人の女が悲鳴を上げる。

佐之助は背後を振り返った。誰も追いすがってきていない。棒手裏剣も飛んでこない。

忍びたちは、まるで朝霧のように消えていた。

佐之助は足を緩めた。もはや襲いかかってくる者はいない。

——よし、逃げ切ったようだな。

佐之助はそう判断した。いつ再びやつらが襲いかかってくるか、わからぬ以上、油断は禁物だが、一息つけそうだ。

「止まれ」

佐之助は一之輔に命じた。えっ、という顔で振り返り、一之輔が佐之助を見た。

「止まってもよろしいんですか」

「ああ、構わぬ」

佐之助も足を止めた。すぐさま刀を鞘におさめる。血のついた刀をそのままにしまいたくはなかったが、今は仕方がない。あとで手入れすれば、なんとかなるだろう。

「あの、今の人たちは、まことに忍びなのですか……」

おずおずと一之輔がきいてきた。

「ああ、まちがいない」

「今の世に忍びなどいるのですか」

「いるのだ」

佐之助は断じた。

「あの、倉田さま、手前はなにゆえ襲われたのですか」

「奴らの狙いはその紙包みだ」

「えっ」

一之輔が紙包みを胸で抱き締める。

「中身は徳験丸だな」

「えっ、ご存じなのですか」

びっくりしたように一之輔がいった。

「まあな。雄哲先生が姿を消して以来、いろいろと調べたゆえ」

「そうだったのですか」

ふう、と一之輔が気持ちを落ち着かせるように息を入れた。もと来た方角に向かって歩き出す。

「一之輔、どこに行くのだ」

佐之助は行く手を制するようにきいた。一之輔が意外そうに佐之助を見る。

「徳験丸を、雄哲先生に届けなければなりません」

「今は無理だ」

厳しい口調で佐之助はいった。

「そんな、なぜですか」

不思議そうに一之輔が問うてきた。

「さっきのやつらが新発田屋敷を見張っているからだ」

「えっ、そうなのですか」

びっくりしたように一之輔がいった。

「そうだ。しかももっと大人数だな」

一之輔とどこかで話がしたいな、と佐之助は思った。

「一之輔、おぬしの父親の診療所に行かぬか」

「えっ」

「ちょっと落ち着きたいのだ。よいか」

「は、はい、それは構わないのですが……」

「おぬしが戻らぬとなると、雄哲先生は心配しようが、今は仕方がない。腹を決めろ」

「は、はあ、わかりました」

「よし、行くぞ」

佐之助は一之輔とともに歩き出した。

「これを見ろ」

歩きながら佐之助は懐から人相書を取り出し、一之輔に見せた。

一之輔がまじまじと見る。

「これは手前ですね」

「そうだ。これは、おぬしのお父上が描いたものだ」

「えっ、父上が」

歩きながら佐之助は、どういうことがあって自分が川越まで来たか、一之輔に説いた。

「ああ、雄哲先生と手前を捜しにいらしてくれたのですか」

「そうだ」

佐之助は尾行者に注意しつつ、武三の診療所を目指した。

やがて、診療所が見えてきた。さらにあたりに気を配りつつ、佐之助は診療所に近づいていった。

——今のところ、忍びの気配はないな。

やつらはおらぬ、と佐之助は判断した。一之輔の身元は忍びたちにばれていないということか。

佐之助は診療所の前に立った。戸に錠は下りていない。武三はいるのではないか。

中では、大勢の人の動く気配がしている。多くの患者がやってきているのは、どうやらまちがいなさそうだ。

あまり建て付けのよくない戸を開けた佐之助は、一之輔を先に中に入れた。外の様子をじっくりと見てから、戸を閉めた。

待合部屋には六、七人の年寄りがひしめくように座っていた。佐之助たちが入ってきたのを見て、律儀に少し詰めてくれた。

せっかく空けてくれた場所だ。佐之助は座らなければ済まないような気持ちになった。

「かたじけない」

端座した佐之助は、そこにいる者たちに礼をいった。一之輔も頭を下げる。

「お侍、まだお若いようだけど、どこが悪いんですか」

佐之助の横に座るばあさんがきいてきた。

「いや、別に俺は悪くないのだ」

「ああ、じゃあ、こちらのもっと若い人の付き添いね」

そこにいる皆がまじまじと一之輔を見る。

「あなた、なんだか見覚えがあるね」

「はい、ここのせがれですから」

少し恥ずかしそうに一之輔が答えた。

「ああ、やっぱり。しばらく顔を見なかったけど、帰ってきたのかい」

「いえ、そういうわけではないのですが」

からりと襖が開き、武三が姿を見せた。診療部屋には年寄りの男がおり、布団に横になっていた。

「ああ、せがれというから誰かと思ったら、一之輔か」

「ああ、父上、お久しゅうございます」

一之輔が間の抜けた挨拶をした。

「一之輔、どこに行っておったのだ」

まるで寄り道して戻ってきたわが子に語りかけるような調子で武三が一之輔にきく。

「ええ、いろいろありまして……」

「なんだ、要領を得ぬ答えだな」

「武三どの」

助け船を出すように佐之助は呼びかけた。

「一之輔どのと話をしたいのだが、この家にはほかに部屋があるか」

「ああ、あるぞ。こっちに来てくれるか」

武三が診療部屋のさらに奥にある部屋を指さした。

「済まぬ」

軽く頭を下げて、佐之助は一之輔とともにその部屋に入って襖を閉めた。

「よし、ようやく話ができるな」

宣するように佐之助はいった。

「は、はい」

ごくりと唾を飲み込んで一之輔が答えた。

「それで一之輔、おぬしはなにゆえ川越に来たのだ」

間を置かずに佐之助は問いをぶつけた。

「はい、それですが……」

どういうことで雄哲が単身川越にやってきたのか、その理由を一之輔がまず語った。

「そうか、雄哲先生は城代家老の新発田の娘である八重姫の治療のために川越に来たのか」

「さようにございます」

「その八重姫が毒を飼われたというのは、まちがいないのだな」

「はい、まちがいないと雄哲先生はおっしゃっています」

「八重姫に毒を飼ったのは、主君斉克公の弟の庸春と考えてよいのだな」

「はい、雄哲先生はそう確信されているようです」

「それは、八重姫がもし男児を産んだ場合、跡継ぎの座が危うくなるからか」

「はい、そうだと思います」

ようやく図式が見えてきた。廃嫡を恐れた庸春という斉克の弟が、川越忍びを操っているのだろう。

「いま斉克公は病に臥せっているらしいが、それもまことか」

「新発田さまによると、どうやら真実のようです」

「病なのか」

「ではないかと思います。もともと斉克さまは病弱だったそうですから」

そうか、と佐之助はいった。

──つまり殿が床に臥せってなにもできぬときを狙い、庸春という男はいろいろと仕掛けてきたということだな。

「おぬしが川越にやって来た訳《わけ》をきかせてくれ」

佐之助は一之輔に改めていった。

「はい、雄哲先生を川越に送り出したのはよいのですが、先生が秀士館になかなか戻ってこられないものですから、先生の身になにかあったのではないかと案じられてならず、川越に赴くことにしたのです」

そういうことだったか、と佐之助は思った。

「それで」

佐之助は先を促した。

「手前は、真っ先に雄哲先生がいらっしゃるはずの新発田さまのお屋敷を訪ねました。そうしたら、よいところに来たと先生がことのほか喜ばれ、それで手前は八重さまの治療に助手として加わることになったのです」

一之輔が言葉を切ったとき、診療所の表の戸が開いたのが知れた。新たな患者かと佐之助は思ったが、どうやらちがった。

「ごめん」

若くて張りのある声だ。

――おや。

佐之助には、その声が湯瀬直之進のもののように思えた。

佐之助は診療部屋に声をかけた。

「武三さん、ちょっと開けてもよいか」

「ああ、構わんよ」

武三に断ってから、佐之助は診療部屋につながる襖を開けた。さっきとは別の男が布団に横になっていた。

佐之助はその横を足早に抜け、待合部屋に出た。

案の定というべきか、そこに左腕を白い布で吊った直之進が立っていた。

佐之助はさすがに目をみはるしかない。

「おととい江戸で別れたというのに、もう川越に来たのか。相変わらず忙しい男だな」

「実は、おぬしに急いで知らせなければならぬことがあってな」

「それはなんだ」

直之進がまわりの患者たちを気にした。

「湯瀬、こっちに来い」

佐之助は手招きし、一之輔がいる奥の部屋に直之進を案内した。直之進が診療部屋で武三に会釈する。

「あっ、一之輔どのではないか」

奥の部屋に入った直之進が驚きの声を上げる。佐之助は襖を閉めた。診療部屋が見えなくなった。

「どこにいたのだ」

勢い込んで直之進がきく。

「話せば長いのだ。湯瀬、あとでゆっくりと聞いてくれ」

「ああ、わかった」

「あの倉田さま、湯瀬さま、すぐに徳験丸を雄哲先生のもとに届けたいのですが……」

必死の眼差しで一之輔がいう。

「ああ、雄哲先生はご無事なのか」

肝心なことを思い出したらしく直之進が一之輔にただす。

「無事らしいぞ」

佐之助は直之進に伝えた。

「雄哲先生はどこにいらっしゃるのだ」

「城代家老の屋敷だ」

「城代家老だと。なにゆえそのようなところにいらっしゃるのだ」

しようがあるまい、と佐之助は思った。すべてを説明してやらないと、直之進を黙らせることはできないようだ。

佐之助は委細を直之進に話した。

「なるほど、そういうことか」

直之進が納得した顔つきになった。うむ、と佐之助はうなずいた。

「それで一之輔どのは、八重姫さまを救うために一刻も早く徳験丸を雄哲先生のもとに届けたいのだな」

「はい、湯瀬さまのおっしゃる通りです」

一之輔の気持ちはよくわかる、と佐之助は思った。戻らぬ一之輔を、雄哲は案じているにちがいない。

「だが一之輔、今は無理だ。戻れぬ。そのような真似をしたら、敵の術中に嵌《は》まってしまうだけだ」

その佐之助の言葉を聞いて、一之輔が力なくうつむく。すぐに顔を上げた。

「手前は怖くありません」

昂然《こうぜん》と一之輔がいった。

「だがおぬし、死ぬことになるぞ。徳験丸も奪われ、八重姫も死ぬのだ」

むう、とうなって一之輔が黙り込む。

「軽挙は厳に慎まなければならぬ」

なにか策を練らなければならぬ、と佐之助は思った。

三

むう。

我知らずうなり声を上げていた。

「まことか、それは」

目の前に座す重造を郷之助はにらみつけた。

重造が無念そうに面を伏せている。

「まことにござる」

「死んだのは水村銀次と保泉玄太でまちがいないのか」

「はっ、まちがいござらぬ」

銀次は太ももを斬られ、出血が止まらずに絶命した。

玄太は袈裟懸《けさが》けにやられ、一瞬であの世に行ったということだ。

——二人のかわいい配下が死んだ。

信じられぬ、と川目郷之助は思った。

二人とはこの前、話をしたばかりではないか。二人は忍びとしての腕前はまだまだだったが、これから川越忍びの中核を担うべき者たちだ。

抑えきれない怒りが、郷之助の全身を包み込んだ。そのせいで、体が内側からはじけそうだ。

「重造っ、麟兵衛っ」

声高く郷之助は二人の組頭を怒鳴りつけた。

「銀次と玄太を手にかけた者は、今どこにおるのだ」

こめかみに青筋を立てて郷之助はただした。

「それがまだわかりませぬ」

すぐに重造が答えた。

「そやつを捜し出し、必ず殺せ」

「しかしお頭」

顔を上げて重造がじっと見つめてきた。

「先ほど、徳験丸入りとおぼしき紙包みを手に和語絵歌屋から出てきた若い男は、新発田屋敷に戻ろうとしました。八重姫が新発田屋敷にいるのは明白。いま襲うべきは、新発田屋敷ではありませぬか」

「銀次と玄太を手にかけた者を殺すほうが先だ」

重造をにらみつけて郷之助は叫ぶようにいった。

「二人の無念を晴らさねばならぬ」

「承知いたしました」

二人の組頭が、威《い》に打たれたように平伏した。すぐに郷之助の部屋を出ていく。

できれば、と障子の閉まる音を聞いて郷之助は思った。

――この手で、そやつを八つ裂きにしたいくらいだ。

むう、と再びうなって郷之助はかたく腕組みをした。

——それにしても、まさか死人が出るとは夢にも思わなんだぞ。

郷之助はぎりぎりと奥歯を噛んだ。

——許せぬ。

そう思ったとき、浮かんできたのは庸春の顔だった。

——あの男が俺を巻き込まなければ、こんなことにはならなかった。

太平の世の忍びとして、銀次と玄太も一生を全《まっと》うできたはずなのだ。

——あやつめ。

郷之助は庸春を斬り殺したくなった。

庸春が郷之助に近づいてきたのは、郷之助が配下たちと一緒に門番詰所にいたときだ。

二年半前のことである。

殿の弟で跡継ぎの座が定まっているといわれる庸春が、いきなり城の門番詰所に来るとは夢にも思っていなかった。

驚きつつも、郷之助は庸春を門番詰所に迎え入れるしかなかった。

どこか二人きりで話せるところはないか、と庸春が顔を寄せ、小声でいった。

でしたらこちらにどうぞ、と郷之助は門番詰所の奥の間に庸春を案内した。

そこで庸春が、おぬしが父親をうらんでいるのは知っておる、といきなりいった。

おぬしの父を亡き者にするのにいい毒薬がある、ともいったのである。

庸春がなにを考えているのかわからず、その場は丁重にお帰りいただいた。

だが、その後も庸春はしつこくやってきた。

おぬしの父親はおぬしを当主の座から引きずり下ろすつもりでおるぞ、とまでいってきたのだ。信じられぬのなら調べてみるがよい。

なにしろ兄弟の死が逆になればよかったとまでいった父親である。気になって郷之助は調べてみた。

すると、本当に父親は川目家に養子を迎え入れようとしていたのだ。父親の妹の子だった。

郷之助より二つ歳上で、兄の恭太郎によく似ているといわれていた。

信じられなかった。

父親は恭太郎のことをいまだに忘れられず、その面影を追い求めているのだ。

父は本当に俺を当主の座から追い落とそうとしている。

そういえば、郷之助が家督を継ぐことになったときも、父親はまったく喜ばなかった。むしろ暗い顔をしていた。

次に庸春が門番詰所に来たとき、郷之助は父親殺しを決心したと告げた。それはよい決断だと庸春が喜んだ。

よい毒薬というのはどんなものですか、と郷之助は庸春にきいた。

徐々に衰弱していき、誰が見ても病によるものとしか思えぬ死に方をする毒薬だ。名を警鳴散という。

庸春さまは、なにゆえそれがしにそのような薬をくださるのですか。

そなたを味方につけておきたいからだ。

どういうことでしょう。

今はまだよいが、いずれそなたたちの力が必要になるような気がしてならぬのだ。

庸春はそういったのである。

そして郷之助は父親に毒を盛った。

父親は二月後にあっけなく死んだ。確かに病にしか見えなかった。

そのおかげで、父親の妹の子の養子話は立ち消えになった。

父親の死の秘密を知っているのは、庸春と自分だけである。

それゆえ郷之助は庸春には逆らえないのだ。

だが、今は後悔している。

川目家の家督など、従兄《いとこ》にくれてやればよかったのだ。

家督に執着したせいで、泥沼にはまり込んだ。

——いや、家督のせいではない。

ふう、と郷之助は深く呼吸をした。

——俺は父親が憎くてならなかった。殺したくてならなかった。ただそれだけのことだ。

父親が俺のことをかわいがっておれば、と郷之助は思った。

こんなことにはならなかったものを。

目を閉じて、郷之助はうなだれるしかなかった。

四

おびき寄せるしかあるまい。

夜明け前に佐之助はそう判断した。

――おびき寄せた上で、一気に殲滅《せんめつ》するしかない。

おそらくやつらは徳験丸がないと八重が死ぬことを知っている。

新発田屋敷に忍び込んだ者が探り出したのかもしれない。

新発田屋敷に内通者がいるとは考えられない。

八重の居場所を特定されないように、新発田従五郎は下屋敷にもそれらしい人数を配しているという。

もし新発田屋敷に内通者がいるなら、とうの昔に八重の居場所は庸春側に知られ、新発田屋敷は忍びたちに襲われていただろう。八重の命も奪われていたはずだ。

もっとも、今はもう忍びたちも新発田屋敷に八重がいると確信している様子だ。

八重が死ねば、腹の子も死ぬ。

忍びたちはそれを待っているのだ。

だから今は、誰も入れないように新発田屋敷に厳重な結界を張っておくだけでよいと考えているのかもしれない。

迂闊に結界の中に入り込めば、今度こそ、総力を上げて忍びたちが攻撃を仕掛けてくるにちがいない。

きっと佐之助たちが姿をあらわすにちがいないと、忍びどもは舌なめずりして待っているのではないか。

忍びは執念深い。仲間を殺された以上、復讐が終わるまで矛《ほこ》をおさめることは決してないのだ。

いま川越忍びたちの使命は、徳験丸が新発田屋敷に届くのを阻むこと、それではないか。

「やつらを迎え撃つのに、どこかよい場所はないか」

武三の診療所で朝餉を振る舞ってもらっているとき、佐之助は一之輔にきいた。

「でしたら、恰好の場所があります」

すぐさま一之輔が答えた。

「どこだ」

間髪を容れず佐之助はたずねた。

「この近くです」

佐之助を見つめ返して、一之輔がはっきりといった。

朝餉を終えるやいなや、一之輔が佐之助と直之進を案内した。

同じ町内の破《や》れ寺《でら》だった。

本堂も庫裡も鐘楼も残っているが、荒れ果てている。瓦はなく、屋根には草が生えている。いずれの建物も、今にも崩れ落ちそうである。

境内の端に立つ檜の大木だけが、今も勢いよく生長しているようだ。

「ここは手前が幼い頃に潰れた寺で、もう長いこと人は住んでおりません」

あまり広くはない境内に人けはない。

「湯瀬、どう思う」

佐之助は直之進にきいた。

「確かに、ここなら存分に戦えよう」

案じ顔で直之進が佐之助を見る。

「倉田、まことに一人で戦う気か」

「それはそうだ」

佐之助はにやりとしていった。

「おぬしは戦えぬ。そうである以上、一人でやるしかない」

「やれるのか」

「やれるさ」

自信たっぷりに佐之助はいった。

「その自信の源はどこにあるのだ」

「自信の源か」

佐之助は直之進を見つめた。

「かつて風魔と戦って勝ったからだ」

「だが、あのときは俺も一緒だったぞ」

「川越忍びに、風魔ほどの強さはない」

「確かか」

「昨日、戦ってみてわかった」

「相手が何人かわかっているのか」

「わからぬ。だが、せいぜい二十人ほどではないか」

「軽くいうが、倉田、死ぬぞ」

「なに、俺は死なぬ」

「なにゆえそう言い切れるのだ」

「俺には守るべき者がいるからだ」

「……そうか、そうだな」

納得したような声を直之進が発した。

「それに湯瀬、まこと一人のほうが戦いやすい。目に入る影はすべて敵だからな」

すでに佐之助は、忍びどもをなで斬りにするつもりでいるのだ。

——それしか生き残る道はない。

「よいか、湯瀬」

穏やかな声で佐之助は呼びかけた。

「なんだ」

「手はずはわかっておるな」

「ああ、よくわかっている」

「頼むぞ、湯瀬」

「ああ、必ずや成し遂げよう」

佐之助は直之進と一之輔とともに、武三の診療所に戻った。

四半刻後、佐之助は一人で診療所を出た。紙包みを手にしている。

北久保町を目指して佐之助は歩いた。

新発田屋敷の表門に通ずる道を足早に歩いていく。

ざわり、と忍びたちがざわめいたのが知れた。佐之助は紙包みを懐にしまい入れた。

突然、なんの前ぶれもなく、いくつもの手裏剣が佐之助めがけて飛んできた。

佐之助は引き抜いた刀でそれらを弾き返し、叩き落とした。ばらばらと路上に棒手裏剣が散らばっていく。

棒手裏剣の攻撃がやんだとみるや、佐之助はやおら駆け出した。


「お頭、銀次と玄太を殺した男が見つかりました」

川目屋敷にやってきた重造がいった。

「なにっ」

郷之助は弾かれたように立ち上がった。

「どこだ」

「上松江町の破れ寺に逃げ込んだようです」

「追い詰めたのか」

「はい。わが配下が破れ寺を取り囲んでおります。じき、二の組も合流する手筈に」

「でかした。すぐにまいる。重造、おぬしは念のため、新発田屋敷を見張れ」

刀を帯びるや、郷之助は屋敷を飛び出した。

境内に一人立ち、佐之助は新発田屋敷のほうを眺めやった。

——頼むぞ、湯瀬。

心中で直之進に語りかけた。

——忍びどもすべてをおびき出してやったのだからな。

今頃は、結界の解けた新発田屋敷に入り、本物の徳験丸を雄哲に渡していると信じたい。

——いや、湯瀬なら必ずやってくれよう。信頼の置ける男だ。

直之進の顔を思い出して佐之助がにこりとしたとき、忍びたちが姿を現した。

いずれも忍び装束に身を包んでいる。

数えてみると、十四人だった。

「頭は来ておるのか」

刀の柄《つか》に手を置いて佐之助は忍びたちにきいた。

「ここにはおらぬ」

声からして佐之助より歳下ではないかと思える忍びが答えた。

「なにゆえだ。臆《おく》したか」

「きさま一人、我らだけで十分よ」

「そうか、一対一で戦いたかったのだが」

佐之助はすらりと刀を抜いた。

ふう、と息を入れるや、一気に走り出した。忍びの中に突っ込んでいく。

佐之助は刀を振るった。迎え討とうとした忍びが、肩から血を流して地面に倒れ込んだ。

前に進みつつ佐之助は刀を一閃する。

血しぶきを上げて二人目の忍びが視界から消えた。

さらに佐之助は刀を振るった。

別の忍びが吹き飛ぶように倒れた。

次々に殺気が押し寄せてくる。

佐之助は振り返るや、後ろから来た忍びに向かって刀を振り下ろした。

袈裟懸けが決まり、忍びがくるくると体を回転させて草むらに突っ伏した。

――残り十人。

息は切れていない。十分にやれるはずだ。

正面から突進してきた忍びを上段から斬り下ろす。だが、斬られた忍びの突進は止まらず、血だらけの体で佐之助にしがみついてきた。

「俺ごと刺し殺せ」

がしっと佐之助をつかんで、斬られた忍びが叫ぶ。

まわりから三人の忍びが殺到してきた。いずれも突きの体勢を取っている。

――させるか。

佐之助は、しがみついている男の顔を肘で突き上げた。うう、とうめくと腕の力が弱まった。

しがみつく忍びを引きはがす。

突っ込んできた三人の忍びを、刀を大きく横薙ぎして一気に斬り伏せた。

三人の忍びはいずれも腹を斬り裂かれ、地面にくずおれた。

――残り六人。

太平の世の忍びなら、もう嫌気が差しているのではないか。

だが、忍びたちは引こうとはしていない。ここを死に場所と決めているようだ。

またも三人が組となって突っ込んできた。走りながら棒手裏剣を放ってきた。

佐之助が棒手裏剣をすべて叩き落とす間に、一気に間合が詰まる。

佐之助は渾身の力で刀を振るった。

袈裟懸けで一人を殺し、下段からの振り上げでもう一人を倒し、さらに右手だけの振り下ろしで三人目を地面に沈めた。

——残るは三人。

そのうち一人は先ほど言葉を交わした忍びである。

その三人が突進をはじめた。

かがみ込むやいなや、佐之助は地面に落ちている三本の棒手裏剣を拾い、続けざまに投げつけた。

そのうちの二本が忍びの胸に突き立った。それで二人の忍びは突進を止めた。

残りはついに一人になった。その一人は棒手裏剣をかわし、一気に間合を詰めた。一間ほどまで近づいたところで、忍びが棒手裏剣を放とうとした。

さすがにこの距離でかわせるわけがないと最後の忍びは踏んだのだろう。

だが、そういう攻撃があることを佐之助は前もって覚っていた。

刹那、佐之助は思い切り踏み込み、忍びに向かって刀を落としていく。

忍びは斬撃をよけようと試みた。だが、佐之助の刀のほうが一瞬速かった。

肩口に斬撃が決まる。

忍びは目を閉じ、棒のようになって地面に倒れていった。

それきり身じろぎ一つしない。体の脇にじわりと血だまりができつつある。

——終わったか。

ふう、と佐之助は息をついた。

忍びの生き残りがおらぬか、境内を歩きはじめた。もし息があったとしても、とどめを刺すつもりは佐之助にはない。医者に連れていく気である。

だが、どこにも生き残りはいそうになかった。佐之助は十四人の忍びをすべてあの世に送り込んだのだ。

さすがに虚しさしか残らない。

不意に頭上から、なにかが羽ばたくようなかすかな音が聞こえた。

はっとして見やると、黒い影が隼《はやぶさ》のように近づいてくる。

——なんだ、あれは。

さすがの佐之助も面食らった。

影は右手に白刃《はくじん》を握っている。左手は鉤爪《かぎづめ》になっていた。その左手を振りかぶり、佐之助の体めがけて叩きつけようとしていた。

――殺《や》られるっ。

一瞬、佐之助は死を覚悟した。

その瞬間、脳裏を千勢とお咲希の笑顔が駆け抜けていった。

――死んでたまるか。

佐之助は咄嗟《とっさ》にしゃがみこんだ。鉤爪の刃がおこした刃風が佐之助の襟首を撫でていく。

だん、と大きな音を立てて地面に降り立った影に向かって、素早く立ち上がった佐之助は刀を振り上げた。

影はかわそうとしたが、まるでしびれが走ったかのように、うまく足を運べなかった。わずかによろけたのだ。

佐之助の刀が、影の右脇腹に吸い込まれていった。

むう、と影が声を上げた。左手の鉤爪を振り上げて、なおも戦おうとする姿勢を示したが、もはや力が残っていなかったようだ。

だらりと左手を下ろしたのと同時に膝が折れ、体ががくりと崩れていった。ばたりと横倒しになる。

血だまりに身を浸し、ぴくりとも動かなくなった。

――最後にあらわれたこやつが、もしや忍びの頭なのだろうか。

佐之助は大きく息を吐いた。

――とにかく終わったようだ。

佐之助は死骸がいくつも転がる境内を改めて眺めた。よく勝てたものだ。

――千勢、お咲希。おまえたちのおかげだ。

しかし、最後は本当に危うかった。

いったいどこから影が飛んできたのか、いまだに佐之助にはわからない。

首を曲げ、境内の端に立つ檜の大木を仰ぎ見た。

――まさかな。

なにしろ檜の高さは、六丈近くはあるのだ。いくら忍びといえども、あの高さから飛び降りて無事であるはずがない。

いや、それともてっぺんではなく、三丈くらいの高さから飛び降りたのか。

――だが、その高さではあの隼のような速さの説明がつかぬ。

今の頭上からの襲撃は、これまで目にしたことのない速さだった。

――やはり、この男はてっぺんから飛んだのだろうか。だとしたら、いつの間に登ったのか。

佐之助が相手にしたのは、忍びという魔性の者たちだ。なにをやらかすか知れたものではない。

――いや、あり得ぬ。

もう一度、檜を見上げて、佐之助は首をひねるばかりだった。


早すぎた。

闇が目の前のすべてを覆い尽くす寸前、郷之助は思った。

――逸《はや》ってしまった。

冷静であれ、と自らにいい聞かせていたものの、眼下で配下が次々に殺されていくのを目の当たりにして頭に血が上ってしまった。

境内を歩きはじめた男がまだ完全に間合に入っていなかったにもかかわらず、我慢が利かなくなり、檜のてっぺんから飛び降りてしまったのである。

強弓から放たれた矢のように真一文字に男に突っ込むはずだったのが、飛び降りる角度がついたせいで鏑矢《かぶらや》のように忍び装束が音を発してしまったのだ。間合に入っていなかったせいで、鉤爪の攻撃もわずかに届かなかった。間合にさえ入れていれば、かわされるようなことはなかった。

配下たちの犠牲の上に成り立つ奇襲だと端からわかっていたにもかかわらず、しくじった。

しかも、最後まで着地の音を消せぬままだった。

着地の音など大したことではないと思っていたが、実際は生死を分ける決め手となってしまった。

音を立てずに着地できるまで精進していれば、足にしびれが走ることはなかったはずなのだ。

足がしびれなければ、男の斬撃を難なくかわすこともできた。

蹈鞴《たたら》を踏むようにしてよろけるという、無様な真似はあり得なかった。

――我慢が利かぬゆえ不向きだ。

つと恭太郎の言葉が脳裏によみがえった。

兄上、と薄れゆく意識の中で郷之助は恭太郎の面影に呼びかけた。

――結局は兄上が正しかったのだな。

その直後、郷之助の意識はぶつりと音を立てて途切れた。

日の光の下、郷之助の瞳は、暗黒のみを映していた。

五

背後で、枯葉を踏んだような音が立った。

はっ、として首を回し、直之進はあたりをうかがった。

ほんの一間ほど離れたところに、一之輔が立っていた。

「一之輔どの、なぜここにおる」

叱責するように直之進はいった。

「父上のもとにおれといったはずだ」

その言葉に一之輔がすまなげな顔になる。

「どうしても八重さまのことが気になったものですから……」

直之進は一之輔をじっと見た。舌打ちしたい思いだ。

ここに一之輔に来られても、足手まといになるだけだ。一人のほうが、新発田屋敷に入り込むのに都合がよいのだ。

――せっかく倉田がおとりになって、忍びどもを引きつけたというのに……。

だが、八重姫を案じる一之輔の気持ちもよくわかる。

「それに……」

一之輔がいいかけた。

「それになんだ」

「湯瀬さまは、左腕が使えません。手前が、なにかお役に立てるのではないかと思いまして……」

その気持ちはとてもありがたいが、足手まといであることに変わりはない、と直之進は思った。仕方あるまい、とすぐさま腹を決めた。

「一之輔どの、ついてこい」

直之進が意を決していうと、一之輔が喜色を浮かべた。

「ただし、音は立てるな」

直之進が語気を強めていうと、一之輔ががくがくと首を縦に動かした。

「行こう」

松の木の陰を直之進は出て、新発田屋敷の隣の武家屋敷の塀際を駆けるように歩いた。

あたりに、忍びの気配はまったく感じられない。
――倉田の思惑通り、忍びどもは結界を解き、この場を離れたようだな。
だが安心するのはまだ早い。
最初の角を右に曲がり、新発田屋敷の裏門を目指す。
「あれが裏門だな」
直之進は振り返り、一之輔に確かめた。
「さようです」
足早に近づき、直之進は裏門の前に立った。懐に徳験丸の包みがあるのを確かめる。
足音を忍ばせ、裏門のくぐり戸を開けようとした。
その刹那、背後で殺気が盛り上がったのを直之進は感じ、素早く振り返った。
そんな直之進を見て一之輔がびくりとする。
一之輔の背後に立つ忍び装束の男が、今にも得物を抜こうとしていた。
すぐさま体を返すや一之輔の前に立ち、同時に刀を抜く。
がつっ。
忍び装束の男が振り下ろした刀を、抜きざまに弾き返した。

なるほどな、と直之進は思った。

――すべての忍びが倉田のもとに向かったわけではなく、この場に居残った者もおったのか。

「一之輔どの、下がっておれ」

忍びに目を据えたまま直之進はいった。

「は、はい」

震え声で答えた一之輔がじりじりと後ろに下がったのを、直之進は知った。右手一本で刀を正眼に構え、目の前の忍びを改めて見つめる。

歳は四十をいくつか過ぎているのではあるまいか。なんとなくそんな気がした。いかにも、練達の忍びという雰囲気をたたえている男だ。

――これは油断ならぬ。意外な手練が出てきたものだな。

だからこそ新発田屋敷の見張りを一人、任されたのか。

――だが俺は負けぬぞ。こちらから仕掛けてやる。

なにしろ、刀は攻撃のためのものなのだ。防御のためにつくられてはいない。使えるのが右手だけだからといって、臆してはいられない。万が一に備え、左手を布で吊らずにきたのは正解だった。

とにかく思い切り踏み込むのだ、と直之進は自らに命じた。

――行くぞっ。

心中で叫び、右腕一本で戦う恐怖心を抑え込んで、直之進は存分に足を踏み出した。忍びに向かって袈裟懸けに刀を振るっていく。

直之進に容赦する気はなかった。ここで目の前の忍びを追い払うだけでは、また八重姫は狙われるだろう。

その禍根《かこん》を断っておく必要がある。

直之進の右手一本の斬撃を、忍びが長脇差と思える得物で弾き返してきた。右手に衝撃が伝わり、左腕にもその波がやってきた。左腕が強烈に痛む。むう、と我知らずうめき声が出そうになった。それを直之進はなんとかこらえた。

なんだ、こやつは左腕が使えぬのか、という目で忍びが直之進を見る。すぐさま忍びが突進してきた。間合に入るや、直之進に向けて長脇差を上段から振り下ろしてくる。

直之進は横に動くことでそれをかわした。姿勢を低くした忍びが逆胴に長脇差を払ってくる。

その斬撃を、直之進は刀で叩き落とした。またも痛みが左腕を走り抜ける。そこを忍びがつけ込んでくる。音もなく地を蹴るや、直之進の頭上までひらりと跳んでみせたのだ。

そこからくるりと一回転し、刀を繰り出してきた。

それを直之進は右手で打ち払った。またもや痛みが走った。

忍びは直之進の背後に着地した。直之進は体の向きを変え、忍びと相対した。

忍びも少し息を入れているようだ。

――このあたりは太平の世の忍びらしいな。もし戦国の頃の忍びだったら、俺は息つく暇もないほどの攻撃にさらされていたことだろう。

しかしこのままではいかぬ、と直之進は思った。

――よし、こんな痛みに負けていられるか。それにどうせ痛いのであるならば……。

左手を無理に動かし、直之進は両手で刀を握った。やれそうだ、と感じた。

――覚悟っ。

心中で気合をかけて直之進は忍びに向かって突っ込んでいった。

両手で袈裟懸けに刀を振るっていく。その斬撃を忍びが打ち返した。間髪を容れずに直之進は胴に刀を払った。これも両手である。

その斬撃も忍びは打ち落とした。直之進は構わずさらに下段から刀を振り上げていった。

その斬撃は打ち返さず、忍びが下がった。さらに直之進は両手で上段から刀を打ち下ろしていく。

それも忍びはかわそうと、じりっ、と地面をにじる音をさせて背後に退いた。

その瞬間を直之進は待っていた。右手だけに持ち替えるや渾身の斬撃を振るっていった。

ぐいっと刀がひと伸びしたのが直之進にもわかった。

後ろに下がって間合を取ればよけられると踏んでいたらしい忍び頭巾の中の目が、大きく見開かれた。

直之進の放った片手斬りはしっかりと届いた。

がつ、と音がし、忍びの首が激しく上下した。体がぐらりと傾く。だが、今にも横倒しになりそうな姿勢のまま、忍びはじっと動かずにいた。

忍び頭巾の中の目がぎろりと直之進を見据えた瞬間、ついに力尽きたかのように忍びがどうっと地面に倒れた。

すでに息絶えているのは、確かめずともわかった。それでも直之進は一応、とどめを刺した。

「お、終わりましたか」

離れたところで様子をうかがっていた一之輔が声をかけてきた。

「ああ、終わった」

ほかに忍びらしい者の気配はない。直之進は刀を鞘におさめた。

「お怪我は」

一之輔にいわれて急に左腕が痛みはじめた。うう、と直之進はうなり声を上げた。

「あっ、痛みますか」

一之輔の目は直之進の左腕を見ている。

「うむ、痛む」

正直、耐えきれないほどの痛みだ。

「だが、今は俺のことなどどうでもよい。早く屋敷に入ろう」

「はい」

こわごわと忍びの骸《むくろ》を見てから、一之輔がくぐり戸を叩いた。

中から閂《かんぬき》が外され、直之進たちは新発田屋敷に入り、母屋の薄暗い廊下を進んだ。


廊下の突き当たりに雄哲が立っていた。目を大きく見開いていう。

「おう、これは湯瀬どのではないか。あっ、一之輔も無事か」

雄哲に近づいて、一之輔が頭を下げる。

「心配しておったのだ。無事ならば、なにもいうことはない」

うれしそうに雄哲がいい、直之進に眼差しを投げてきた。

「雄哲先生、徳験丸をお持ちしました」

懐から取り出した紙包みを、直之進は雄哲に手渡した。

「おお、待っておったぞ」

紙包みを手にした雄哲が直之進の左腕に目をとめる。

「怪我をしておるようだな。動きがぎこちない」

「実は……」

直之進は委細を語った。

「折れた左腕も使って忍びと戦ったのか」

驚きの色を顔に刻んで雄哲がいう。

「そうせねば、倒せなかったものですから」

「どれ、ちょっと見せてくれ」

雄哲が直之進の左腕に触れた。うっ、と直之進はうめいた。

「痛いか。まあ、そうだろうな。だが、案ずることはない。しっかりわしが治してあげよう」

その言葉を聞いて直之進はほっとした。天下の名医が太鼓判を押してくれたのだ。

治るのはまだ先だろうが、左腕が以前と同じように使えるようになるのは、もはや、疑いようがなかった。

徳験丸を手に寝所に入った雄哲は、さっそく八重に処方した。

「これでもう八重さまは大丈夫です」

八重の寝所の襖を見つめて、一之輔がいった。

「みるみるうちに快復されるのはまちがいありません」

そうか、といって直之進は小さく息をついた。

八重が快復の兆しをみせた後、雄哲は城代家老の新発田従五郎と会った。感謝の言葉が耳に心地よかった。

その後すぐ川越城主の斉克の病を診た。どうやら、斉克も八重と同じ毒を飼われていたようだ。

雄哲は徳験丸を用いた。

これで斉克公も目を覚まされるだろう。

斉克が昏睡から脱すれば、庸春にはなんらかの仕置きが下されるはずだ。


翌日、それを聞いて佐之助は顔をしかめた。

――禍根《かこん》を断つために、いっそ庸春を殺したほうがよいのだが……。

佐之助は思ったが、これはあくまで他家の話だ。

あとのことは、もう佐之助たちには関係ない。

佐之助は直之進に民之助、それに雄哲と一之輔を伴い、江戸への帰途につくことにした。

扇河岸から川越夜船に乗るのである。

その船を目の当たりにして、雄哲がうれしそうに笑う。

「旅客船ならば、こたびは魚臭くないのだな」

「雄哲先生が是非とも荷船で行きたいというのなら、俺は反対はせぬが」

佐之助は雄哲にいった。

「いや、人を乗せる船のほうがずっとありがたい。なにしろ、ぐっすりと眠れそうだからな」

「荷船では眠れなかったか」

「いや、そんなことはなかった。ぐっすりと眠ったな。船頭に起こされるまで目を覚まさなんだ」

「それはすごい。しかし雄哲先生」

佐之助は声をかけた。

「なにかな」

「この船も実際には荷船だ。荷を積むべきところに筵を敷いて、乗客が眠れるようにしてあるだけだ」

「えっ、ああ、そうなのか。これまで何度も川越には来たが、江戸への帰りに川越夜船には乗ったことがなかったゆえ、そいつは知らなんだな」

「では、雄哲先生はいつも陸路で江戸に帰っていたのか」

「まあ、そうだ」

「川越街道に馴染みの旅籠でもあるのか」

「旅籠はない。飯屋があるのだ」

「どんな飯屋だ」

「川越宿から江戸に向かって一つ目に大井宿《おおいしゅく》があるが、そこの麦とろ飯が絶品なのだ。わしにとって川越に行く楽しみの一つでな」

「雄哲先生、そんなにおいしいのですか」

ごくりと唾を飲み込むようにして民之助がきいた。

「ああ、うまいな。思い出しただけで、食べたくなってくる。なにしろこたびの川越行きでは食しておらぬからな」

大井宿の麦とろ飯に後ろ髪を引かれる思いを抱きつつ、佐之助たちは川越夜船の荷の間に乗り込んだ。

同乗している者は思った以上に多い。六十人以上はいるようだ。

荷の間はほとんどぎゅうぎゅう詰めといってよい。それでも、横になって眠れそうなのはありがたかった。

船には船頭を初め、水夫《かこ》が六、七人はいるらしい。

川越夜船は七つを少し過ぎた頃、河岸を出た。荷の間から船縁《ふなべり》に出て、佐之助はあたりの景色を眺めた。

すでに帆は張られているが、船頭や水夫たちが棹《さお》で押している船は、新河岸川をのんびりとした風情で下っていく。

船頭に話を聞いたところ、このまま水夫たちが棹で船を押して新河岸川を下っていき、荒川に出たところで、初めて櫓《ろ》を使うのだそうだ。

「およそ一昼夜かけて、江戸まで行くんですよ。まあ、ゆっくりしておくんなさい」

船頭によると、江戸の花川戸そばの船着場に着くのは、明日の昼過ぎとのことである。

明日には千勢やお咲希に会えるな、と佐之助の胸は躍った。

――待ち遠しいな。早く明日になればよいのに。

千勢やお咲希の笑顔を早く見たい。

――お咲希は俺が帰ったら喜んでくれるだろうか。

喜ぶに決まっている。

佐之助は、お咲希を一刻も早く抱き締めたくてならない。

六

潮のにおいがする。

――ああ、江戸に戻ってきたのだな。

直之進は実感した。

――江戸はやはりよいな。

浅草花川戸そばの船着場で川越夜船を下り、秀士館に向かう。

驚いたことに、秀士館には素晴らしい刀が届いていた。

大左衛門によると、徳川家累代《るいだい》の太刀だそうだ。

もっとも、御上覧試合の正賞の太刀ではなく、別の太刀である。

これは御上覧試合の表彰式で、将軍を室谷半兵衛の魔手から守った礼として、将軍家から佐之助のもとに届いたものだ。

――倉田にか。

正直、直之進はうらやましい。いつか将軍家の太刀をこの手にし、大左衛門に贈りたかった。

「佐賀館長――」

不意に佐之助が大左衛門に呼びかけた。

「なにかな」

大左衛門が佐之助に顔を向ける。

「この太刀は佐賀館長に進呈いたそう」

まるで直之進の心を読んだかのように佐之助がいった。

「えっ」

大左衛門はなにをいわれたか、解していない顔である。

実際、佐之助は直之進の心を知っていたのだろう。

――以心伝心だな。

直之進はうれしくてならない。

こんな素晴らしい男と友垣になれたことを誇りに思った。

――倉田佐之助という男は、俺にとって宝物だな。

佐之助と真の友垣になれて、直之進は心からの喜びを覚えている。

この作品は双葉文庫のために書き下ろされました。

双葉文庫

す-08-38

口入屋用心棒《くちいれやようじんぼう》

武者鼠《むささび》の爪《つめ》

2017年9月17日　第1刷発行

【著者】
鈴木英治《すずきえいじ》

【発行者】
稲垣潔

【発行所】
株式会社双葉社
〒162-8540 東京都新宿区東五軒町3番28号
［電話］03-5261-4818(営業)　03-5261-4833(編集)
www.futabasha.co.jp
（双葉社の書籍・コミックが買えます）

【印刷所】
慶昌堂印刷株式会社

【製本所】
株式会社若林製本工場

【表紙・扉絵】南伸坊
【フォーマット・デザイン】日下潤一
【フォーマットデジタル印字】飯塚隆士

落丁・乱丁の場合は送料双葉社負担でお取り替えいたします。
「製作部」宛にお送りください。
ただし、古書店で購入したものについてはお取り替えできません。
［電話］03-5261-4822(製作部)

ISBN978-4-575-66849-0 C0193
Printed in Japan